강지혜

KB106845

1987년 서울에서 태어났다.

대진대학교 문예창작학과를 졸업했다.

2013년 《세계의 문학》 신인상을 받으며 등단했다.

시집 『내가 훔친 기적』이 있고,

시 앤솔러지 『나 개 있음에 감사하오』에 참여했다.

디자인 이지선

오늘의 섬을 시작합니다

오늘의 섬을 시작합니다

강지혜
에세이

민음사

"저마다의 일생에는,
특히 그 일생이 동터 오르는 여명기에는
모든 것을 결정짓는 한순간이 있다."

—장 그르니에, 김화영 옮김, 『섬』(민음사)

차례

입장하시겠습니까?　9

입장하시겠습니까?

수만 년 전 화산이 폭발하여 탄생한 거대하고 아름다운
섬이 있었다. 그 섬에는 자애롭지만 장난기가 그득한 수호신,
설문대할망이 살고 있었다. 어느 날 설문대할망이 몹시
따분하여 즐거운 오락거리 하나를 떠올리는데…….

바로 이미 다 큰 한 사람을 새로운 사람으로 완성시키는
것. 그렇게 선택된 다 큰 사람 하나가 섬 한가운데 던져진다.
설문대할망은 살짝 던진다고 던졌으나 할망보다 훨씬 작은
그 사람은 우당탕 쿵쿵. 정신을 차리기 힘들다.

서른 살 나이로 섬에 기투된 용사는 두 가지 미션에
성공해야 한다. 발을 딛고 서 있는 땅의 세계와 이상으로
가득한 하늘의 세계, 각각의 세계에서 가장 소중한 보석
하나씩을 모아 두 손에 넣는 것. 두 개의 보석이 모이면

완벽히 새로운 사람으로 재탄생할지니. 물론 퀘스트가
진행되는 동안 숱한 고난과 맞닥뜨릴 것이고 그 과정에서
조력자를 얻을 수도, 잃을 수도 있다. 스물세 개의 퀘스트를
거쳐 신비로운 결말을 향해 가는 여정에 함께하시겠습니까?

　'예'를 선택해 주셨군요. 어디선가 둥둥, 큰북 소리가
들립니다. 서둘러 모험의 세계로 떠날 채비를 하세요. 시인
강지혜의 문학 세계 구축기이자 생활인 강지혜의 제주
정착기를 따라가야 하니까요!

떠날 준비를 마친 어느 용사의 회고

시인 최영미는 서른에 잔치가 끝났다고 했다. 언젠가 고모의 책장에서 그 시집을 발견했을 때 나는 10대였고, 서른이라는 나이는 너무 까마득해서 하늘의 달이나 별 같은, 손에 잡히지 않지만 저기 어딘가에 있다고 알고 있는 머나먼 행성 같은 것이었다.

20대에도 마찬가지였다. 시를 배우고 쓰기 시작하면서 생각했다. 서른이라니. 기형도나 윤동주보다 내가 더 오래 살다니. 시인으로 데뷔하지 못한 채 30대를 맞게 될 것을 걱정한(그때는 그런 게 가장 큰 위기라고만 생각했다.) 20대 초반 문청의 치기였으나 그때는 정말 그랬다. 그랬던 내가 20대에 등단을 하고 결혼을 하고 대출을 받아 서울 근교에 신축 빌라를 사게 되리라고는, 전혀 예측할 수 없었다.

나는 스물일곱 살에 결혼을 했고 남편과는 동갑이다.
지금 기준으로 보자면 조금 이른 나이에 결혼했다고들 한다.
지인들은 나의 결혼 시기를 두고 강지혜가 운명의 상대를
만난 것이냐, 소위 말하는 '속도위반'을 한 게 아니냐……
다양한 추측을 했다. 그도 그럴 것이 나는 결혼에 별 흥미가
없던 사람이었다. 그러니 주위에서 그런 반응을 보이는
게 당연했는지도. 지인들의 추측과는 달리 나의 결혼은
낭만과는 거리가 멀었다. 그저 어떤 타이밍에 불과했다.

　테이블 위에 콜라가 반쯤 담긴 유리컵이 놓여 있다.
왜 하필 콜라인가 하면, 물과 같은 깔끔한 종류의 액체는
아니고 바닥에 쏟아지면 빨리 닦아야 하는, 오래 두면
둘수록 찐득찐득해지는, 뭐랄까 약간 고약한 종류의 액체에
비유하는 게 맞을 것 같아서. 누군가 문을 쾅 닫으면서
테이블에 약간의 물리력이 전달되었고 유리컵이 곧
바닥으로 낙하하려고 한다. 컵이 떨어지면 유리 파편이
사방으로 튀어 누군가 다치겠지. 콜라가 쏟아져 바닥에
얼룩이 지고 끈적끈적해지겠지. 바로 그때, 다른 누군가 그
유리컵을 아슬아슬하게 잡아 냈다. 콜라는 몇 방울 정도만
바닥에 떨어졌고. 휴, 다행이다. 뭐 이런 느낌의 타이밍.
　나는 내가 콜라와 닮았다고 생각했다. 탄산음료는

시원하고 청량한 맛이 그 본질이다. 그리고 그 본질에
조금이라도 변화가 생기면 애물단지 취급을 받는다. 톡 쏘는
즐거움은 순간에 불과하고 김빠진 콜라는 기피의 대상이
되기 십상이다.

나는 콜라의 본질을 좋아했지만 그 본질이 사라진 상태의
나를 어떻게 사랑해야 하는지 몰랐다. 무엇이든 할 수 있을
것 같은 열정이 있었지만 그 이후 삶에 대한 것은 생각하고
싶지 않았다. 그래서 생각하지 않았다. 모르는 세계였으니까.
치기 어렸지만 위태로웠다.

아슬아슬하게 콜라를 잡아 낸 남자와 나는 성격도 취향도
매우 다르다. 그래서 지금까지 줄기차게 지지고 볶고 있으나,
딱 한 가지 가치관이 같기에 계속 함께 살고 있는지도
모르겠다. 바로 따분한 건 싫다는 것. 따분함을 피하자는
것을 결혼 생활의 첫 번째 원칙으로 삼은 후 결혼 9년차에
접어든 지금까지 우리는 주거지를 세 번 옮겼다. 서울,
경기도, 그리고 제주로.

서울과 경기도에서의 삶은 많이 따분했다. 우리는 아침이
되면 각각 신사역과 선릉역으로 출근했다. 밤이 되면 집
앞에서 만나 외식을 하거나 장을 봐서 집으로 왔다고는
쓰지만…… 주로 외식을 했다. 죽기 살기로 평일을 보내다

정신을 차리면 금요일. 금요일에는 술을 마시고, 토요일에는 술을 마시고, 일요일에는 숙취에 시달렸다. 매주 비슷한 패턴이었다.

그렇게 지내다 홀린 듯이 집을 샀다. 당시 신혼부부가 처음으로 주택을 구입하면 저금리로 대출을 해 주는 제도가 있었다. 그 소식을 듣자마자 대출을 받아서 경기도 시흥에 위치한 집을 덜컥 사 버린 거다. 시흥에 살 때는 따분함도 모자라 출퇴근 할 때의 물리적인 시간까지 추가되었다.

남편은 선릉역까지 앉아 가는 전철을 타기 위해 새벽같이 집을 나섰다. 나는 비슷한 시기 목동으로 직장을 옮겼는데 환승 시간을 최소화하기 위해 가장 빨리 갈아탈 수 있는 객실 번호를 외웠다. 소사역의 몇 번 플랫폼에 서 있어야 신도림역에 내렸을 때 환승하는 계단에 가까운지, 영등포구청역에 내렸을 때는 어디에 서 있어야 5호선으로 빨리 환승할 수 있는지. 우리는 전철을 타기 위해 버스를 탔고 앉아서 출퇴근하기 위해 매순간 서둘렀다. 버스 정류장에서 전철역으로, 전철역에서 전철역으로 종종거리며 초조해하며 몸을 옮겼다.

그때 나는 중고차 매매 회사의 홍보 자료를 쓰는 일을 하면서 이런저런 매체에 객원 기자로 글을 싣기도 하는 프리랜서 생활을 하고 있었다. 일에는 큰 열의가 없었다.

일에서 오는 성취감보다 전철이나 버스에 내가 앉을 자리가
생기는 것이 더 기쁠 정도였다. 객실 창에 비친 내 모습을
보며 『모던 타임스』의 찰리 채플린이나 『모모』의 회색인간을
떠올리다가도, 이마저 매일 반복되자 아무 감각을 할 수 없는
지경에 이르렀다. 그리고 주말이면 술을 마셨다……. 회사
내부의 또라이 질량 보존의 법칙에 대해 토로하기도 했고
녹록치 않은 결혼 생활을 고백하기도 하면서.

　　시흥의 빌라는 나와 남편이 구입한 '우리 집'이었지만
엄밀히 말해 '우리'와 '은행'의 집이었다. 은행은 매달
우리에게 당당히 자신의 권리를 요구했다. 생활비에 대출
이자에 자동차 할부에…….

　　어디 그뿐인가. 사람답게 산다는 것이 무엇인지 잘
몰랐지만 사람답게 살기 위해 책도 사 봐야 하고 친구들도
만나고 만나면 가끔은 내가 밥이나 술도 사야 했다. 여기에
결혼을 하면서 가족이 두 배가 되었으니 다달이 가족 행사가
넘치는 것도 추가요, 명절에 친가나 시가에 빈손으로 갈
수도 없고, 부모님 생신, 동생들 생일에, 친척 누군가 결혼을
한다거나, 누군가의 아이가 학교에 진학하는 일에도 돈이
필요했다.

　　돈은 언제나 부족했고 부족한 돈으로 부족하지 않은
것처럼 살기 위해 우리는 매일 전철을 탔다. 동그라미들이

눈앞에 아른거렸다. 버스 정거장과 전철역의 동그라미, 돈의
동그라미, 이 지긋지긋한 동그라미들.

"지혜야, 나 잠깐 쉬어야겠어……."

어느 날 불현듯 튀어나온 남편의 절박한 한마디. 나는
남편에게 동그라미 지옥에서 잠시 하차할 수 있는 기회를
주었다. 남편은 회사를 그만두고 태국으로 떠났다. 남편의
친구들은 그 일을 두고 이런 아내가 어디 있느냐며 나를
추켜세우곤 한다.

하지만 나는 그저 이 동그라미에서 누구라도 내리지
않으면 빙글빙글 돌다가 죽을 때까지 구토를 하다가 결국
죽게 되겠다고 느꼈을 뿐이었다. 어릴 때부터 나는 놀이터의
뺑뺑이(동네마다 부르는 이름이 다르겠지만.)를 잘 타지 못했다.
관성은 내게 지옥과도 같은 것이었다. 관성을 끝내려면
외부의 힘이 필요했다. 누구든 손을 뻗어 그 기구를 멈춰야
했다. 오로지 그 일념으로 남편을 태국으로 보냈다.

물론 남편을 보냈다는 건 내가 간다는 것이 전제되어
있었다. 지금까지의 내 경험으로 미뤄 보아 결혼 생활을
현명하게 유지하려면 은근한 기브 앤 테이크를 할 줄 알아야
한다. 내가 이걸 줬으니 너도 빨리 내놓으라는 식의 태도는
싸움을 부를 뿐. 최대한 은근히, 은밀하게 행동하는 것이

중요하다.

　나는 네가 하고 싶은 걸 했으면 좋겠어. 그러면 네가
행복할 테니까. 그리고 나도 나의 행복을 느끼기 위해 이걸
하고 싶어. 행복한 나와 함께 한다면 너도 행복할 테니까.
그렇지? 피곤하지만 결혼 생활은 이런 작전의 연속이다.
용사도 때로는 세심한 심리전에 총력을 기울여야 하는 법.
남편이 태국에 다녀온 그해 가을 나는 홀로 국내 여행을
떠났다. 영주에서 경주로, 부산으로, 그리고 제주로 이어지는
여행이었다. 그때 제주에 가지 않았더라면 아마 지금의 나도
이 글도 없었을 것이다.

　여행에서 경험한 제주는 말 그대로 파라다이스처럼
느껴졌다. 아름다운 자연과 그 자연을 벗 삼아 살아가는 섬
사람들. 조금만 이동하면 언제든지 만날 수 있는 바다. 그
바다를 바라보며 살아가는 사람의 감수성은 도시의 것과는
다를 수밖에 없을 것 같았다.

　그렇게 제주 이주에 대한 꿈을 꾸기 시작할 때 나는
제주의 옛집을 리모델링하여 식당과 게스트하우스를
운영하겠다는 막연한 생각을 했다. 제주를 여행하며
본 제주 옛집의 가옥 구조가 그 포부를 실현해 줄 것
같았기 때문이다. 제주도의 옛 가옥은 안거리(안채)와

밖거리(바깥채)라고 불리는 주거용 건물과 모커리(별채)
등으로 구성되어 있다. 안거리와 밖거리는 각각 부엌, 마루,
방 등으로 공간이 나뉜다. 이는 부모와 자식이 마당을
공유하며 함께 살았던 제주의 문화가 반영된 것이라고 한다.
상업적 공간과 주거용 공간이 두루 필요한 내게는 이 가옥
구조가 매력적으로 다가왔다.

이때부터였을까. 머릿속에 제주 촌집을 멋지게 개조하여
여유를 즐기는 모습이 보다 구체적으로 그려지기 시작했다.
나는 작은 작업실에서 글을 쓰고 남편은 음식을 만들고
저녁이 되면 부부가 함께 게스트하우스에서 만난 객들과
낯선 인생을 공유하는 여유로운 모습을 꿈꾸게 되었다.

출퇴근 지옥과는 거리가 먼 일터와 도시에서 생활할
때는 비싼 임대료 때문에 꿈도 꿔 보지 못했던 작업실을
그리기 시작하니 제주에서 생활하는 작가로서의 내 모습이
무척이나 기대되었다. 제주 여행 후 그때의 경험으로 가사를
의뢰받아 작업하기도 했는데, 15분 만에 후루룩 써 내려갔던
기억이 난다. 제주도…… 이거 완전 영감 밭이다…….

제주에서 새롭게 탄생하게 될 글은 어떤 모습일까?
작업실은 어떻게 꾸밀까? 상상만으로도 흐뭇했다. 모든
시작의 절정은 시작을 준비하는 시간에 있는 거니까. 그때 내

마음은 시작을 꿈꾸는 자의 마음. 그 빛나는 마음만으로도
충분했다.

의자 들고 전철 타기

아름다운 의자를 들고 퇴근 시간 전철에 탔다 의자는 황홀한 노래를 읊조리고 내 몸이 달아올랐다

이것은 의자, 별처럼 빛나는 의자

의자를 들고 전철에 탔지만 자리가 없었다 나는 분명히 의자를 들고 있는데 앉을 수가 없으니 나와 의자는 슬펐다 그리고 의자는 분명히 외로웠다

의자의 탑승을 바라지 않던 사람들이 마음을 모아 의자를 노려보았다

의자의 의지로 전철에 탄 것은 아니었지만 나는 의자와 함께 가야만 하고

의자의 부피와 무게보다 견디기 힘든 것은 전철 안이 매우 밝다는 것

전철 안으로 한 무리의 사람들이 구겨져 들어왔다 밀지 마세요 밟지 마세요 미안합니다 미안하지만 불쾌합니다 나와 의자는 서로를 말없이 끌어안았다

오늘의 마지막 열차가 승강장으로 접근하고 있었다 안전
문과 객실 문이 동시에 열리고 더러운 의자 하나가 철로 옆으
로 굴러떨어졌다 나는 거기에 없었고 사람들은 줄지 않았다

의자를 들고 전철을 탔던 적이 있었다. 퇴근 시간이어서 객실 안에
사람들이 너무 많았다. 의자를 든 채로 사람과 사람 사이 짓눌려 있으니
압박감과 함께 어떤 공포가 느껴졌다. 나는 이 답답하고 불편한 곳에서
영원히 벗어날 수 없겠구나. 나뿐만 아니라 이 전철 안에 탄 그 어떤 누구도
이곳에서 벗어날 수 없겠구나. 무섭고 외로운 도시의 매일이었다.
첫 번째 시집 『내가 훔친 기적』에 실려 있다.

2단계

조력자 대모집

어디선가 들은 적 있는 이야기인데 서울에 체류하던
영국인이 교통 체증, 넘쳐 나는 사람, 그 사람들의
'빨리빨리'에 지쳐 한국을 떠나려고 마음먹었다고 한다.
그런데 하필 그 마음먹은 때가 가을. 지옥 같은 여름이
지나자 선선한 바람이 모든 어려움을 잊게 해 주는 가을이 온
것이다. 결국 그 영국인은 한국의 가을 날씨에 반해 아직까지
살고 있다던데……. 그리고 가을을 위해 매년 혹독한 겨울과
무더운 여름을 버텨 내고 있겠지. 건너건너 전해 들은 이름
모를 영국인의 이야기가 나의 경우와 꼭 같았다.
    제주의 가을은 정말이지……. (말줄임표로 감탄을 대신.)
바다에 다다르면 기이한 매력으로 뭉친 현무암이 자리 잡고
있고 그사이 기어이 자라난 갈대가 바람에 흔들리며 거칠게

춤을 춘다. 언덕에는 깊은 바다의 색을 닮은 해국이 무리 지어 피어 있고 그 언덕에 앉아 멀리 보면 뜨는 해든 지는 해든 아름다워 눈물이 난다. 해가 지고 별이 뜨기 시작하면 쏟아지는 별들이 가슴에 와 박힌다. 차갑고 기분 좋은 바람이 분다. 별이 박힌 맨살로 스며드는 제주의 바람.

가을 제주에 빠져 버린 후 이주 계획을 세웠다. 계획은 단순했다. 남편을 제주에 살고 싶게 만들자. 집을 팔고 이사를 준비하는 일이나 다니던 회사를 그만두는 것은 오히려 급하지 않았다. 남편의 마음을 제주에 붙들어 놓을 수 있다면 행정적인 일이나 물리적인 부분은 일도 아니라는 게 당시의 생각이었다. 가장 중요한 건 아무래도 마음, 마음이라고 생각했지.

'강추진만.' 내 별명이다. 대학 시절 삼총사로 불리던 친구들과 함께 각자의 성격을 따서 별명을 지었는데, 어떤 의견을 제시하면 그게 무엇이든 싫다고 말하는 '조싫어', 그 어떤 의견이던 아무거나 괜찮다고 하는 '김그래', 그리고 끊임없이 의견을 제시하고 추진하기 좋아하는 '강추진만.' 그게 바로 나다. 다른 친구들은 세 글자인데 왜 나만 '만'이 붙냐 하면 추진하는 것은 많으나 그대로 실현된 적이 없거나 실현되었다 한들 결과가 미미하여 추진만 잘한다는 다소

유쾌하지만은 않은 이유 때문이었다. 가수는 노래 제목 따라가고 시인은 시 제목 따라가고 사람은 이름 따라간다고 했지. 모든 성명학은 과학이다. 지금 생각해 보면 제주 이주 역시 '추진만'의 범주에서 크게 벗어나지 못한 것 같다. 나는 그저 일을 벌이는 자.

남편의 마음을 제주로 돌리는 데는 치밀한 계획이 필요했다. 가장 먼저, 직접 경험하게 하기. 제주에 다녀온 다음 해 여름, 나는 남편과 함께 또 한번 제주로 휴가를 떠났다. 남편의 흥미를 유발할 만한 아름답고 탁 트인 제주의 풍광만을 골라 루트를 짰다. 제주의 서쪽에서부터 시작해 동쪽까지. 바다와 오름을 적절히 섞었고 열심히 검색해 남편이 좋아할 만한 맛집을 중간중간 끼워 넣었다. 그러나 인생이 계획한 대로만 풀린다면 그게 인생이겠어…….

제주의 여름을 감각해 본 경험이 한 번이라도 있는 사람은 알 것이다. 제주의 여름은 인간이 감당하기 버거울 정도다. 낮에는 엄청난 직사광선이 내리쬐고 해가 지면 한 치 앞도 보이지 않는 해무와 그 해무가 몰고 온 습기가 온 섬을 지배한다. 휴가 첫날부터 엄청난 습기 때문에 계획했던 것들이 조금씩 틀어지기 시작하더니 알아 두었던 맛집은 휴일인 경우가 많았고 남편은 오름이나 제주의 지질적 특성에 큰 관심이 없었다. 마지막 숙소를 찾을 때는 엄청난

해무가 몰려와 글자 그대로 한 치 앞도 보이지 않는 길을
운전하게 되었다. 어찌나 긴장을 했던지 숙소에 도착했을 때
남편은 다 쉬어 빠진 파김치 같은 몰골이었다. 파김치, 아니
남편의 눈치를 보아 하니 다 망한 것 같았다. 제주 이주는
무슨 다시는 제주로 휴가도 안 온다고 하겠네, 생각하고 있을
때, 인생은 정말 어떻게 풀릴지 알 수가 없다는 게 다시 한번
입증된다.

　우리가 마지막에 묵은 숙소는 게스트하우스로, 매일 밤
투숙객들이 파티를 여는 곳이었다. 남편은 낯선 사람들과
어울리는 걸 좋아하는 성격이라 그 자리에서 새로운 사람을
만나 색다른 대화를 나눈 것이 꽤 마음에 든 모양이었다.
사는 모양도 추구하는 재미도 모두 다른 사람들이 제주라는
공간에 모여 이런저런 이야기를 하고 있자니 그래,
인생이라는 게 원래 이렇게 다양한 색채를 가진 거였지, 나
이 장면 어디서 본 것 같은데…… 맞다! 태국에서도 이렇게
여행자들과 어울려 즐거웠었지. 완전 그때 같은데? 생각이
들었던 것이다.
　심지어 피곤했던 나는 먼저 잠자리에 들고 남편은
파티에서 알게 된 남자와 인생의 심각한 대화를 하느라
한참이 지나도 방에 들어올 기미가 없었다. 얼마나 시간이

흘렀는지, 자다 말고 일어나 남편을 찾으러 가야 할
정도였으니까. 남편에게는 이제 제주, 하면 아아 너무 좋은
곳……이 되어 있었다.

생각지 못한 개고생과 뜻밖의 개이득(!)으로 예비
조력자를 얻게 된 나는 자신감이 붙었다. 연고가 없는 타지에
가려면 동행자가 많을수록 든든하겠다는 생각으로 서울에
혼자 살고 있던 동생을 꼬이기 시작했다. 어릴 때부터 나는
착하고 말 잘 듣는 K-장녀의 특성을 고루 갖춘 성격이었다.
두 살 터울의 동생은 그런 내 그늘에 가려 "엄마 아빠는 왜
맨날 나만 미워해!"를 입에 달고 사는 K-막내였다.

내가 초등학교 6학년, 동생이 4학년이 되었을 때
부모님은 이혼을 결정했다. 그 후로 우리는 서로에게
서로뿐인 남매로 자랐다.(고 나는 믿고 있다.) 나는
K-장녀답게 동생을 잘 챙기는 애어른으로 자랐고 동생을 늘
아픈 손가락으로 생각하게 되었다.

지금 생각해 보면 항상 일방적으로 동생을 판단했던
것 같다. 동생의 모든 행동을 아픈 손가락이라는 틀에 가둔
채 바라봤다. 동생은 성인이 된 지 오래이며 본인의 삶을
스스로가 꾸리고 있는 중이었는데도 나는 동생이 좋아하는
일을 찾지 못하는 것에 대해, 한 직장에 진득하게 다니지
못하는 것에 대해 함부로 안타깝다고 판단했다.

제주도에 함께 가자고 말했던 것도 그런 생각의
연장이었다. 내가 널 보다 안정적으로 만들어 줄게. 내
옆에 있어. 누나만 믿고 따라 와. 그리하여 동생은 2015년
12월, 남편은 2016년 3월, 나는 2016년 6월에 각각 제주로
이주하게 되었다. (조력자들과의 동행을 마냥 행복한 것으로
여겼던 게 얼마나 오만한 생각이었는지는 머지않아 밝혀진다.)

2016년 6월 1일. 이미 집을 정리하고 제주로 이삿짐까지
보내 놓은 상태에서 민음사 편집부와 미팅이 있어
신사동으로 향했다. 곧 나올 시집 작업을 위해서였는데
머릿속은 다른 생각으로 가득했다. 민음사 건물과 전에
다니던 회사는 걸어서 5분도 채 걸리지 않는 곳에 있었다.
실로 오랜만에 걸어 보는 신사동. 신사동에 있는 회사를
다니면서 등단도 하고 결혼도 했다. 매일 이곳으로
출근하면서도 매일같이 이곳을 떠나고 싶었고 결국 떠나게
되는구나. 기분이 이상했다. 배가 간질간질하고 초여름
치고는 날씨가 더웠는데도 나의 어깨에만 겨울이 내려앉은
느낌이었다.
친구들이 말했다. 용기가 필요한 일인데 대단해! 그 말을
들었을 때 나는 분명 우쭐했던 것 같다. 다른 사람들이 쉽게
하지 못하는 일을 한다는 것. 그 일이 쉽지 않은 것은 다

이유가 있기 때문이라는 걸 알면서도 결국 그 일을 한다는 것. 솔직히 고백하자면 나는 도취되어 있었다. 제주로 향하는 나의 발걸음에 말이다. '강추진만'은 추진하는 과정에 도취된 자에 불과하니까. 결과는 중요하지 않다. 어딘가로, 무언가를, 하러 간다. 그 자체가 즐거웠던 것이다.

비행기 안에서 잠시 눈을 감았던 것 같은데 눈 뜨니 제주공항이었다. 공항 건물에서 빠져나오자마자 보이는 야자수와 습하고 더운 공기가 나를 맞아 주었다. 제주의 기후를 코와 피부로 마시며 이제 정말 시작이라고 생각했다. 기분 좋은 설렘이라고 생각하고 싶었다. 배는 계속 간질간질. 공항으로 마중 나온 남편을 만나 제주 시내에서 밥을 한 끼 먹고 신창리로 향했다.

이제부터는 제주시 한경면 신창리가 내 집이야. 떨리는 마음으로 조수석에 앉아 있는데 남편이 더 떨리는 목소리로 고백을 했다. 아직 이삿짐을 풀지 못했다는 것이었다. 이삿짐이 제주로 내려간 게 벌써 한 달 전쯤이었는데 이게 무슨 말이지? 용맹한 용사처럼 나선 도취의 발걸음에 금이 가기 시작한 순간이었다.

유성

떨어지는 별을 함께 보았지
그날 밤
내 어깨를 쓰다듬던 건
너의 손?

굳게 닫힌 너의 눈꺼풀을 본다
말하지 않음으로
나에게 말하는 너를

네가 물었지
시는 언제 써?
누군가 미워지면 시를 써
너는 매일 밉고
매일 사무치게 그리워서

복통과 함께 사랑이 오고
찬물을 나눠 마시며
사랑을 떠나보냈다
단 둘이서

나는 네 이름을 정말 아는 걸까

같은 비누를 번갈아 쓰면서
우리가 점점 작아질 때

원인 모를 내 두통과
너의 환멸이
별자리처럼 이어져 있다고

좁은 침대에서 부대끼는
나의 허벅지와 너의 종아리가
매일 밤 다른 꿈을 꿔
네 개의 다리가
서로 다른 결말을 준비하겠지

오늘 떨어진 저 별이 지금의 별이 아니란 건 알지?

머나먼 과거의 빛이
여기까지 도달하는 데
걸린 시간

아, 고통이 고꾸라진다

멀미가 나

까만 밤

떨어지는 별과
별의 평생을
훔치는 나
그리고 너

그 찰나

저 별은 어디로 가?
네가 묻고
다시는 이어지지 않을 거야

먼 미래의 나는
입을 꾹 다물었네

제주도에 와서 처음으로 유성을 본 날이었다. 남편과 다투었던가,
정확히 기억나지 않지만 결코 낭만적인 상황이 아니었다. 분노와 원망이
섞인 순간이었다. 그래서 그 장면을 더욱 오래 기억하게 되었는지도.
《현대시학》 579호에 발표한 시다.

내게 어울리는 성은 어디에 있나

남편에게 고백을 받았다. 남편에게 고백을 받다니?
남편에게 고백받을 일이 아직 남아 있었다니? 그런데
그 고백의 물성이 예전과는 사뭇 달랐다. 나와 남편이
연애(지금은 모두 부서져 모래처럼 남은 그 시절……)를 하던
때, 그때 받았던 고백이 달콤하고 청량하며 매우 산뜻한
액체와 같은 것이었다면 결혼 후 남편에게 받는 고백은……
일단 고체, 그것도 어마어마하게 차갑고 무거우며 날카로운
촉감의 무언가라고 하면 좀 가까울까.

조수석에 앉아 있던 나는 그 고체의, 아니 남편의 말뜻을
제대로 이해하지 못해 다시 물었다. 이삿짐이 제주도로
내려간 것은 5월, 그런데 왜 6월까지도 짐을 풀지 못했다는
것인지. 돌아오는 대답은, "일단 가서 보여 줄게."

우선 당시 살았던 촌집의 구조에 대해 설명해야 할 것 같다. 제주 이주 후 처음 살았던 집은 150평가량의 대지 위에 주거용 건물이 한 동, 식당을 꾸렸던 상업용 건물이 한 동, 낡은 창고가 한 동, 주차장 겸 다목적으로 사용하는 앞마당과 뒷마당으로 이루어져 있었다. 이 구조가 갖춰지기 전, 그러니까 우리가 리모델링을 하기 전에는 주거용 건물 두 동, 허름한 창고 세 동, 작은 텃밭과 정체 모를 물웅덩이가 전부인 앞마당, 가꾸다 만 텃밭 덕분에 을씨년스러운 분위기를 풍기는 뒷마당이 자리 잡고 있던 곳이었다.

추진의 재미에 빠져 있던 나는 옛집은 말 그대로 옛것, 낡았다는 것을 간과했다. 낡은 집에는 많은 문제점이 산재해 있다는 것을 전혀 계산하지 못한 것이다. 우리가 이주해 오기 전에 그 집 안거리에는 할머니 한 분이 살고 계셨고 밖거리에는 아저씨 한 분이 생활을 하고 있었다. 정말 이상하게도 안거리에는 화장실과 욕실이 없었다. 밖거리에만 증축하여 새로 만든 널따란 화장실 겸 욕실이 있었는데 그걸 생판 남인 할머니와 아저씨가 함께 사용하고 있었다.

그렇다. 여기는 제주 옛집. 화장실은 그 유명한 제주 흑돼지가 사람의 똥을 받아 먹었다는 야외 화장실을 사용했던 집이었던 것이다. (실제로 처음 이사 왔을 당시만 해도 변소 터가 마당 한구석에 자리 잡고 있었다.)

빌라나 아파트와 같은 도시의 다세대주택에서 나고 자라 온 나에게 주택 리모델링이란 집 내부 색깔을 바꾼다던가, 기껏해야 베란다 섀시를 없애고 거실을 넓히는 것 정도였다. 그것만으로도 큰 공사라고 생각하고 있었던 내가 화장실을 만들어야 한다니? 어디에, 어떻게? 난감하다 못해 참담한 심정이었다. 제주도로 이주하기 전 농가 주택 리모델링에 관한 책을 몇 권 사 봤었는데 감히 단언하건대, 사랑과 리모델링은 책으로 배우는 게 아니다.

문제는 이뿐이 아니었다. 우리가 주거용 건물로 사용하기로 한 안거리에는 거실과 부엌에 보일러가 설치되어 있지 않았고 부엌은 누수가 되어 바닥이 물로 흥건했다. 이 모든 상황을 집을 선택할 때는 왜 보지 못했느냐고? 내가 하고 싶은 말이다. 나는, 남편은, 왜 이 중요한 사항을 보지 못했을까. 상황이 이러니 살림을 어디에도 풀 수 없었을 것.

결국 밖거리에 임시로 세간을 넣어 두었는데 그 꼴이 가관이었다. 남편과 동생이 함께 살고 있던 밖거리는 사람이 일상생활을 하는 곳이 아니라 흡사 수용소에 가까웠다. 겨우 침대만 들여놓은 방에는 옷가지가 아무렇게나 쌓여 있었고 주방이라 합의한 듯한 공간은 LPG 가스(신창리에는 도시가스가 없다. 당연히!)도 연결되지 않았기에 식탁 위에 전기밥솥과 버너를 올려 두고 사용하고 있었다. 어차피 다시 옮기리라 생각했기 때문인지 대형 가전과 가구는 제 쓸모와는 아무 관련 없는 공간에 놓여 있었고 반상, 빨래 건조대와 같은 작은 세간은 아무 곳에나 어지럽게 널브러져 있었다.

그럼에도 불구하고 인간의 적응력이란 놀라웠다. 며칠이 지나자 수용소 같은 풍경에도 익숙해졌다. 반상이나 건조대를 요리조리 피해 가며 자외선 차단제를 바르고, 옷 더미에서 수건과 세면도구를 찾아 사용하게 되었다.

그러나 도저히 적응할 수가 없는 것도 있기 마련. 바로 욕실이었다. 온수가 나오지 않는 것은 물론 온갖 벌레와 작은 도마뱀(손바닥만 한 녀석이라 도마뱀인지 도롱뇽인지 구분할 수 없었고 지금도 구분할 줄 모르지만, 시골에 살면 왕왕 만나게 된다.) 한 마리가 출몰하는 욕실에 매일 씻으러, 용변을 보러 가야 한다는 것만큼은 쉽게 적응할 수 있는 문제가 아니었다.

부끄럽지만 밤에 화장실을 갈 때마다 남편과 동행했다. 문밖에서 아무 말이라도, 아니 아무 소리라도 좀 내 보라고 부탁했다. 남편은 처음에는 선뜻 나서 주었으나 며칠이

지나자 이런저런 핑계로 함께 가 주지 않았다. 매일 밤 어둠
속에서 용변을 처리하며 겁에 질려 떠는 용사의 현실. 길을
떠난 자에게 으레 찾아오는 고난인가 싶다가도 헛웃음이
나는 것은 어쩔 수가 없었다.

4단계

영광스러웠던 용사의 과거

임시 거처 같은 곳에서 생활하는 것이 내가 꿈꾸던 제주 생활은 아니었는데. 고된 노동이 끝난 시간, 침대 위에서 몸을 웅크리며 곰곰이 생각에 잠겼다. 대단한 대책을 고민한 것은 아니었다. 자유의 대가가 이렇게 쓰다니, 알았다면 오지 않았을 거야, 아니 정말 그랬을까……. 갈팡질팡하는 자괴감에 시달렸다. 검고 아름답고 맑은 여름밤의 한가운데 웅크리고 누워 있자니 내가 세상의 왕이라 여기던 시절이 떠올랐다.

2013년, 내가 다니던 회사는 강남 신사동에 있었다. 앞서 언급했듯 회사에서 민음사까지는 걸어서 5분도 채 되지 않는 거리였다.《세계의문학》신인 공모에 투고할 원고를

들고 걸어가서 민음사 편집부에 직접 접수했던 기억이
난다. 엄밀히 말하면 직접은 아니었다. 투고할 원고를
넣은 종이봉투를 꼭 껴안고 민음사 사옥 엘레베이터를
탔는데 동승한 분이 "혹시 신인상 투고할 원고예요?"라고
물었고 나는 그렇다고 고개를 주억거렸다. 나쁜 짓하다
들킨 사람마냥 부끄러워하고 있을 때 그분이 자기가 지금
편집부로 가는 중이니 접수해 주겠다고 했고 나도 모르게
"예……." 하고 힘없이 원고를 들려 보냈다.

그렇게 투고 아닌 투고를 하고 돌아오는 길, 도대체
어쩌자고 생면부지의 사람에게 소중하고 중요한 신인상
투고 원고를 맡겼단 말인가, 자책했지만 소용없는 일이었다.
그 길로 다시 뛰쳐 올라가 원고 내놓으라고 외칠 자신은
없었으니까. 이런 식으로 투고했다는 걸 주위 사람들에게
말하지도 못했다.

얼마의 시간이 흘렀을까. 컴퓨터 앞에 앉아 업무를 보고
있는데 모르는 번호로 전화가 왔다. 민음사 편집부인데요,
그때부터 가슴이 두근거렸다. 하지만 침착하게 네? 아,
잠시만요, 시간을 번 뒤 전화가 걸려온 번호를 재빨리
검색창에 쳐 보았다. (신인상에 하도 많이 떨어져서 보이스피싱일
수도 있다고 생각했다.)

진짜다. 진짜로 민음사 번호였다. 휴대폰 너머에서는

내가 신인상을 수상하게 되었다는 말이 들려왔다. 나는 짐짓 태연한 척 전화를 끊고 회사 옥상으로 올라갔다. 내가 세상의 왕이다! 소리쳤다. 쓰면서도 다시금 얼굴이 화끈거린다.

요란스럽게 세상의 왕(?)으로 즉위한 나는 몇 달 동안 중력을 거스른 사람처럼 둥둥 떠다녔다. 그렇게 바라던 등단이었고 처음으로 청탁 전화라는 것도 받아 봤고 영원히 습작으로만 남을 줄 알았던 내 작품들이 잡지에 실리고 내 시에 대한 평론도 발표되는 걸 보니 그렇게 좋을 수가 없었다.

처음 시 다운 시를 썼을 때, 그 시가 그날 하필 무작위 추첨에 걸려 수업 시간에 교수님의 입을 빌어 발표되었을 때, 나는 시인이 될 거라고는 상상도 해 본 적이 없었던 대학 새내기였다. 내 시가 강의실 전체에 울려퍼지는 그 소리가 너무 부끄러워 책상에 고개를 박던 스무 살의 내가 떠오른다. 교수님의 낭독이 끝나고 긍정적인 감상평을 들었을 때의 희열도. 그 느낌이 아직도 생생하다. 부끄럽고 쑥스럽지만 어깨가 우쭐해지면서 저거 내가 쓴 거라고 외치고 싶은 모순된 심정. 많은 창작자들이 이런 과정을 거쳤겠지. 나라고 다르지 않았다.

그렇게 시에 흥미를 붙여 가던 차에 연애를 시작했다.

그것도 시 동아리 회장 선배와. 선배는 그 당시 내가 아는 사람 중에 교수님을 빼면 가장 시를 잘 쓰는 사람이었다. (당연하지, 아는 시인이 교수님 밖에 없었으니까.) 선배가 쓴 시를 읽고 있으면 선배가 멋있어 보이면서도 동시에 질투가 났다. 학기가 계속되고 주위에서 내 시에 대한 긍정적인 평가가 이어지자 선배를 질투하는 마음이 더욱 짙어졌다. 내가 보기에는 애인이 쓴 시보다도 수업 시간에 배우는 텍스트보다도 내가 쓴 시가 가장 좋았던 것이다. 내가 세상에서 제일 시를 잘 쓰는 사람이면 좋겠다, 당시의 열망은 단 하나였다.

학교 앞에서 친구(김그래)와 자취를 하던 시절에는 머리맡에 노트와 연필을 항상 놓아두었다. 꿈에서 본 멋진 구절이나 이미지를 놓치지 말고 적어야 하니까. 어떤 날은 꿈 내용이 너무 흥미로워서 이걸 꼭 써야겠다는 강한 의지로 급기야 자는 도중에 깨 버렸다. 급히 노트와 펜을 들고 꿈에서 본 것을 적은 뒤 다시 잠에 들었는데, 아침에 일어나서 보니 무슨 말을 적어 놓았는지도 모르겠고 알아볼 수 있는 것만 겨우 읽어 보아도 평이하기 그지없는 내용이었다. 그런 날이면 차마 여기에 적지는 못하겠지만 아침부터 욕을 달고 살았다.

합평을 하다 내 시가 '까이는' 날이면 그날은 술 먹는

날이었다. (사실 술은 거의 매일 마셨는데, 그런 날이면 만취할
때까지 마시는 날이었다는 것을 고백합니다.) 분노를 참지
못했다. 소주 한 잔 마시고, 지가 알긴 뭘 알아? 또 소주
한 잔 마시고 김그래야, 대답해 봐……. 네가 봐도 진짜
그렇게 구려? 또 한 잔 마시고 아니, 지는 얼마나 잘 쓴다고
남의 시에 그딴 평을 해, 한 병, 두 병…… 늘어나는 술병과
분노……. 그렇게 치기 어린 시간을 보내던 어느 날 선배에게
대차게 차였는데 그때마저도 내가 반드시 시인이 돼서 네가
날 버린 걸 후회하게 만들어 주겠다는 마음을 먹었었다.
지금 생각해 보니 웃기다. 내가 시인이 되는데 그 선배가 왜
후회를 해?

내가 막 데뷔했을 2013년에는 대학마다 학과 통폐합
문제가 심각했다. 대학뿐만 아니라 도처에 신자유주의의
깃발이 휘날리고 경쟁에서 도태되는 것은 그것이 학문이든
생명이든 보이지 않는 발로 뻥뻥 걷어차이던 때였다. (지금도
그때와 별로 달라진 건 없어 보입니다만.)

나는 한 잡지에서 기자 생활을 하고 있었는데 대학 때
가졌던 포부와는 달리 글로 먹고 산다는 건 아주 조금씩 먹고
아주 조금씩 쓰고 아주 조금씩 살아 있을 수 있는 거구나
하는, 씁쓸한 마음으로 하루하루를 살아 내는 중이었다.

세상의 모든 입이 먹고사는 것에 집중하라고 소리를 질렀다.
그 소리가 너무 시끄러워 귀를 막았다. 하지만 손바닥
사이로 비집고 들어오는 구호에 정신이 팔리지 않기란 정말
어려웠다. 이런 와중에 시를 쓴다는 건 뭘까. 앞으로 계속
시를 쓸 수 있을까? 정신 차려야 하는 거 아닐까, 이 각박한
세상 속에서…….

그럼에도 나는 시를 썼다. 남양주에 있는 집에서
신사동으로 출근을 하고 퇴근하면 분당의 한 문화센터에서
시를 공부했다. 다시 분당에서 남양주로 돌아가는 전철과
버스 안에서 핸드폰 메모장을 이용해 토독토독, 그날의
단상을 적고 습작을 완성해 나갔다. 아무도 시 같은 것 신경
쓰지 않았지만 나는 너무 좋았다. 시를 읽고 쓰는 순간이면
무채색으로 무심히 흐르는 시간 속에 화악 색이 번졌다.
흔들리는 버스 좌석에 앉아서, 어두운 터널을 지나는
지하철 창가에 서서, 시를 읽다가 왈칵 울기도 했다. 그때
그런 생각을 했다. 내가 쓴 시가 언젠가 누군가의 시간 속에
아름다운 색으로 화악 번질 수 있다면 얼마나 좋을까.

그런 내게 조금 더 해도 된다, 좀 더 써도 된다고 말하며
어깨를 두드려 주는 것 같은 일이 등단이었다. 실제로 힘이
났다. 시인이라는 정체성 하나를 획득한 순간 남루한 일상에

총천연색 생기가 돌았다. (지금은 꼭 등단이라는 제도를 통하지 않아도 시인으로서의 정체성을 스스로 획득하는 다양한 방법들이 많지만 당시 내게는 등단만이 시인이 되는 유일한 길처럼 보였다.) 삐뚤빼뚤 금박 종이를 오려 만든 왕관을 스스로에게 씌우고 작은 나라의 왕이 된 것처럼 위풍당당 걸어 보던 그때의 내 모습, 지금 생각하니 참 촌스럽고 애틋하다.

그러나 왕이시여, 이만 일어나소서. 제주에 해가 뜨고, 해가 떴다는 건 노동의 현장이 다시 도래했다는 뜻이오니…… 이만 일어나 일을 하소서! 육체 노동과 감정 노동으로 녹초가 된 내 발밑에 종이 왕관이 굴러다녔다. 다행인지 불행인지 시 청탁도 뜸했고 문학과는 단절된 생활이 이어지는 와중이었다. 계속 이런 날이 이어지는 건 아닐까? 정말 이 노동의 시기가 끝이 나긴 할까? 두렵고 막막한 마음이 범람한 강처럼 흘렀다.

무력한 철거

늦여름
어느 오후
막대를 들고 뒤뜰로 간다

어김없이 너의 집이 있다
투명하고 거대한 성
어제에 이어 오늘도
하루 만에 완공한
아름다운
너의 집

여덟 개의 죄를 품은 너는
어느 풀 틈으로 몸을 감추었나
어떤 벌레의 등 뒤에서 나를
훔쳐보았나

나는 화를 내며
너의 성을 부순다

머리칼과 볼에 들러붙는 너의 비명
달콤한 흥분을 주고

오늘의 나는 승리에 취해 잠이 들겠지

그리고 내일의 나는
또다시 완성된 너의 성 앞에서
격렬히 좌절할 것이다

완강히 걸어 잠군 성문
드높은 탑에서 나를 비웃는
웃음소리
들린다

이것이 사랑이라면
이 고통이 네 초석이라면

완벽하지 못한 철거와
매회 단호해지는 건설

매일 고아를 낳았다
우리가

서로의 성을 못 견디게 미워하면서

끈끈한 공범이었다

내일 너는 또 다시 성을 완성하고

나는 너의 성과 나와
나의 막대와 성의 무게를
너는 나의 막대와 나와
나의 깊이와 너의 성을

끊임없이 그리워하는

이것이 사랑이라면

뒤돌아 떠날 채비를 하자

막대 끝에 나의 인사를 달고

영원히 너를 사랑한다,
이것만은 철거되지 않을
거대한 진심이었다

제주에 와서 가장 크게
놀란 건 식물과 거미줄의
생명력이 대단하다는 것.
거미줄은 매일 치우는데도
매일 다시 생긴다.
생명을 지닌 것들이 뿜어내는
지긋지긋한 사랑. 가끔은
벗어나고 싶기도 하다.
《현대시학》 579호에
수록되어 있다.

5단계
검은 밤의 무게를 견뎌라

2016년 여름부터 시작된 리모델링은 가을이 돼도
끝날 기미가 보이지 않았다. 리모델링을 우습게 본 거만한
용사에게 내려진 형벌이었다. 보일러 공사가 끝나면 마루를
깔아야 하고 마루를 깔면 창틀과 섀시를 정비해야 했다.
천장을 보수하면 벽을 칠해야 하고 벽을 칠하면 장판을
깔아야 하고……. (심지어 이건 아주 큰 골자만 나열한 것이다.
하나의 과정에 따라오는 부수적인 일들은 일일이 나열할 수조차
없다.) 나중에 들은 이야기지만 시골 촌집은 리모델링하는
것보다 건물을 모두 철거하고 신축을 하는 것이 공사 기간도
빠르고 훨씬 쉽다고. 이런 것은 왜 꼭 나중에 알게 되는 걸까?
작열하는 제주의 여름 태양이 서쪽 바다로 자취를 감추면
우리의 일과도 끝이 났다. 공사를 빨리 끝내기 위해서는 야간

작업을 하는 방법도 있었지만 건축 관련 일은 나도 남편도
동생도 처음이라 몸이 버티지를 못했다. 게다가 여름이 다 갈
때까지 전등을 연결하지 못해 밤에 하는 작업은 무리였다.

　제주의 밤은 '푸른 밤'이 아니라 완전한 어둠이다. 특히
신창리의 밤에는 교차로 부근의 가로등 말고 거의 모든
불빛이 사라진다. 해가 지면 차도 사람도 거의 다니지
않는다. 바람이 심한 날은 가까운 바다에서 들리는 풍차
돌아가는 소리와 어둠만이 가득했다. 낮에도 밤에도 결코
잠들지 않는 곳, 불야성의 도시에서 나고 자란 나로서는 밤의
진짜 얼굴을 알게 된 기분이었다. 밤의 민낯은 이런 거구나.
이렇게 어둡고 어두운 것이구나. 깊은 어둠과 마주하고
있으니 정말로 내가 지금까지 살아온 곳과는 다른 곳에
있다는 것이 실감났다. 어둠은 두려운 존재였다. 적응하기
전까지는. 동공이 어둠에 적응해 확장되듯 이곳의 어둠에
익숙해지자 처음 보는 것들이 보이고 들리고 만져지기
시작했다.
　농업 지역인 제주 한경면은 주거지보다 농작물이
차지하는 면적이 더 크기 때문에 모든 환경이 그들을
위해 움직인다. 농작물은 특히 빛에 매우 예민해서 해가
지면 어둠의 품에서 편히 쉬어야 한다. 진하고 분명한

어둠에도 놀랐지만 가장 놀라운 건 밤이 굉장히 적막하다는 것이었다. 도시에서는 밤에도 시끄럽게 들리던 매미 소리가 이곳에서는 거의 들리지 않았다. 밤은 온전한 휴식의 시간, 야행성 생물을 제외하고는 모두 깊은 잠에 빠지는 시간이다. 영원히 계속되는 빛 공해 없이, 어둠과 빛이 서로를 밀어내지 않고 차례대로 땅을 밟는, 진짜 낮과 진짜 밤. 거기에서 만난 제주도의 검은 밤.

그 당시를 떠올려 보면 익숙하지 않은 공사 일 때문에 몸도 마음도 지칠 대로 지쳤던 기억밖에 없다. 손바닥에 박힌 굳은살은 그래도 버틸 만했다. 더 힘든 건 더위와 노동에 지친 사람들이 뱉어 내는 짜증과 원망 섞인 말이었다. 우리는 모두 지쳐 있었고 인간이 피로에 찌들면 이타심이 사라진다는 것을 그때 알았다. 공사를 하면 크고 작은 사고와 부상을 입기 마련이다. 특히 몸을 쓰는 일을 처음 해 본 우리는 자잘한 부상을 달고 살았다. 부상은 공사 기일을 늘리는 가장 큰 변수가 된다. 그래서였을까, 이타심이 사라진 현장에서는 누군가 다쳐도 걱정 대신 다른 말이 튀어나왔다.

"그러길래 아까 내가 그거 치워 두라고 했지?"

"지금 사람이 다쳤는데 그런 말이 나와?"

"매번 반복되니까 하는 말 아냐, 이래서 언제 공사를

끝내? 올해 안에 가게 오픈이나 하겠어?"

"그만들 좀 해요. 그럴 시간에 하나라도 더 하겠다."

"무슨 영화를 누리겠다고 여기까지 와서 이 고생이야?"

"도대체 처음 계획했던 대로 진행된 일이 뭐가 있어."

"그래서 어쩌라고. 이미 다 정리하고 내려온 마당에."

"됐다, 그만하자. 싸울 힘도 없으니까 그만, 그만하자."

몸과 마음이 모두 지쳤기 때문에 나와 남편과 동생은
각기 원망할 대상을 필요로 했다. 피로와 불만을 터트릴
수 있는 존재가 필요했던 것이다. 가장 가깝기에 가장 깊이
찌를 수 있는 관계가 가족이 아니던가. 낮에는 노동 때문에,
밤에는 갈등 때문에 지치는 날들이었다.

지친 몸과 마음을 이끌고 마당에 나오면 어디선가
반딧불이가 날아왔다. 반딧불이는 꼬랑지에 두 줄의 빛나는
띠를 두른 채로 깊은 어둠 속에 작은 빛을 수놓았다. 어떤
날은 집 안으로도 들어왔다. 곤충이라면 기겁을 하던 나도
반딧불이는 이상하게 귀엽고 좋았다. 손바닥에 올려놓고
만질 수도 있었다. 남편과 동생이 모두 잠든 시각에
반딧불이를 찾아 더 어두운 곳으로 산책을 가곤 했다.
가로등도 없는 밭 사잇길로 가면 아무도 없고 반딧불이와
나만 있었다.

반딧불이를 바라보며 생각했다. 내가 생각했던 제주의 삶은 이런 게 아니었는데. 제주에 오면 도시에서 쓰던 것과는 다른 글을 쓰게 되리라 생각했다. 도시의 감수성과는 다른 뭔가를 쓸 수 있으리라 믿었다. 아름다운 제주의 자연과 그 속에서 변화하는 나의 세계를 어떤 언어로 표현할 수 있을까, 생각하며 들떠 있었는데. 공사를 진행하면서 글은커녕 노트북이 어디에 박혀 있는지도 모르는 지경이 되었다. 물론 낯선 곳에서 생활을 영위하는 것에 대해 쉽게 생각한 건 아니었지만 이 정도일 줄은 정말 몰랐다.

무지하다는 것은 준비되어 있지 않았다는 것, 준비되어 있지 않았다는 것은 멍청했다는 것. 나는 멍청해, 서른 살 씩이나 되어서는⋯⋯ 왜 이렇게 멍청할까. 그때 제주의 진한 어둠 속에서 많이도 울었다. 다행히 제주도의 밤은 정말 검고 깊어서 떨리는 어깨도 감춰 주고 흐르는 눈물도 감춰 주었다. 제주에서의 첫 번째 여름이 그렇게 흘러갔다.

6단계

뜻밖의 기적을 만들다

민음의 시 233번, 『내가 훔친 기적』. 시인이 되고
처음으로 세상에 낸 나의 첫 번째 책. 습작 때부터 등단 후 몇
년 간 썼던 시를 엮었다. 우당탕탕 진행되는 생업의 문제들에
너무 지쳐 있었기 때문이었을까. 시집을 엮는 과정은
상대적으로 부드럽고 매끄러웠다. 물론 제주와 서울이라는
물리적 거리로 겪는 불편이 있었으나 몇 달 간 지지부진
계속되었던 공사에 비할 바 아니었으니.

폐허 같은 공사 현장 속에서 노트북을 찾아 바탕화면에
첫 시집 폴더를 만들고 그 폴더 안에 발표했던 시, 습작
시, 혼자만 간직하고 있던 시들을 불러다 앉혔다. 다른
시집을 보면서 1부, 2부 3부는 어떤 기준으로 나누는 거지?
제목은 어떻게 정하지? 해설은 누구에게 받는 거야? 여러

가지 생각을 했었는데, 그 모든 일들이 편집자의 조언 아래 부드럽게 흘러갔다. 글은 작가가 쓰고 책은 편집자가 만드는 거라고 하더니 그 말이 맞았다.

부를 나누는 것도 금방 끝났다. 시집에 실린 52편의 시를 프린트해서 죽 늘어놓고 분류를 시작했는데 세 개의 꼭짓점을 향해 시편들이 슥슥 나뉘었다. 시를 쓴 시기는 각각 달랐지만 묘하게 공통점이 있는 시들이 있었고 그 시들은 매우 희미하지만 긴밀한 고리로 연결되어 있었다. 내 안에 있는 무언가를 들킨 기분이 들었을 정도다. 다른 시인들도 이랬을까?

내 첫 시집을 관통하고 있는 화자는 '아이'다. 단순히 연령에 의해서 아이로 분류되기도 하지만 아이라는 말에는 아직 성장 중이라는 의미가 있다. 나는 그것이 더 중요하다고 생각한다. 1부에는 아이의 탄생과 아이가 살아가고 있는 도시의 모습을 모았다. 2부에는 그 아이의 유년 시절에 더 초점을 맞추었다. 마지막 3부에는 아이의 성장에 대한 이야기들이 채워져 있다. 초현실적인 풍경이 많이 등장해서 처음 읽을 때는 생경할지 모르겠지만 누구나 나이에 상관없이 그 내면에는 한 명의 아이가 있으니까. 그 아이의 시선과 인식을 주고받는 시집이면 좋겠다는 생각이었다.

『내가 훔친 기적』은 표제작이 없는 시집이다. 시집을
위해서 따로 제목을 만들었는데 원보람 시인의 도움을
받았다. 보람이는 편집자로 일하고 있고 소설과 평론도
쓴다. 내가 시집 원고를 모을 때는 보람이 등단하기
전이었는데 바쁜 와중에도 원고를 봐 주었다. 제목이라는 건
직관적이면서도 내용을 품을 수 있어야 한다고 생각하는데
나는 제목을 짓겠다 마음먹으면 머리가 굳는 사람, 제목 짓는
일이 가장 어려운 사람이다. 그런데 첫 시집의 제목이라니.
내 울음소리가 서울까지 들렸던지 보람이 먼저 원고를 봐
주겠다고 했고 멋진 제목을 만들어 주었다.

'내가 훔친 기적'이라는 제목을 처음 보았을 때 이거
아니면 안 되겠다 싶었다. 이 제목은 시집에 수록된 시 중
「당신이 훔친 소금」이라는 시와 데뷔작인 「기적」을 합쳐서
만든 제목이다. 어려운 유년 시절을 보냈고 여전히 그 자장
안에서 지내는 중이지만 그럼에도 시라는 존재를 만나
기적과 같은 미래를 갖게 되었다는 의미를 담은 것이다. 정말
맞는 말이다. 내게 시, 언어라는 기적이 존재하지 않았다면
지금의 나는 없었을 테니까.

시집 프로필을 찍을 때 생각도 새록새록 난다. 신지와
함께 산책을 하다 만나게 된 친구가 있었다. 개와 함께

다니면 마치 아이를 앞세워 그 부모들이 친해지듯, 개들이 먼저 친해지고 반려인들도 자연스럽게 친해진다. 그렇게 알게 된 사람 중 웨딩 스냅 촬영을 하는 분이 있어 그 친구에게 맡기기로 했다.

사진을 찍는다고 하면 늘 이상하게 욕심이 난다. 졸업 앨범을 찍을 때도 그렇고 증명사진을 찍을 때도 그랬고 웨딩사진에서는…… 모든 욕심이 폭발해 버렸다. 항상 사진을 찍을 때는 더 잘하고 싶은 욕망이 솟구친다. 생의 어느 순간을 박제하는 일이라 그런 걸까. 어느 때라도 다시 들춰 볼 수 있는 그 시간을 아름답게 해 두고 싶었다.

현실은 언제나 대실패 후 포토샵 하드캐리. 특히 제주도의 여름 뙤약볕에 공사를 하며 그을린 얼굴빛이며 망가져 버린 피부는 며칠 동안 관리한다고 드라마틱한 변화가 있을 리 만무. 역시 포토샵의 힘을 믿기로 하고 편한 마음으로 찍었는데 생각지도 못한 제주도가 복병이었다. 산방산 근처 유채꽃밭에서 촬영했는데 촬영본을 보니 이미 내가 주인공이 아니었다. 제주의 봄과 꽃이 너무 아름다워서…… 아차 싶었다. 이래서 프로필 사진은 스튜디오에서 찍는구나. 결국 시집에 실린 사진은 나도 고개를 약간 숙이고, 유채꽃도 아웃포커싱 되어서 자세히 보이지 않는 것으로 했으니…… 찍은 사람은 죄가 없고 찍힌 내가 잘못했다. 별 수 없지 뭐, 두 번째 시집 프로필 사진은 반드시 성공하리라. 이를 갈고 있다.

시집을 만드는 마무리 단계에서의 희열은 대단했다. 특히 해설을 받았을 때는 정말 묘한 감정이 들었다. 나는 박상수 시인의 시를 좋아한다. 또한 그의 해설도 역시 좋아한다. 김현 시인의 『글로리홀』에 수록된 해설을 읽고부터 그랬다. 시집에 대한 애정과 열정이 느껴지는 해설이었다. 그 해설을 읽고부터 내 시집이 나온다면 박상수 시인이 해설을 써 주면 좋겠다고 막연하게 생각했었는데 편집자 님이 이뤄 주었다. 메일로 해설을 전달받고 노트북 화면으로는 읽지 않은 채(화면으로 먼저 읽고 싶은 마음을 억누르느라 혼났다.) 바로 프린트를 했다. (그렇습니다. 저는 아직도 e-book이 어색한 사람…….)

고백하자면 해설을 처음 읽고 조금 울었다. "고마워요, 이렇게 잘 살아 주어서. 온 힘을 다해 여기까지 성장하느라 정말 애썼어요. 그리고 마침내 시인이 되었군요!"라는 마지막 문장을 보고 울보 강지혜는 울지 않을 수가 없었다구요. 첫 시집을 묶은 것도 벅찬데, 누군가 내 시집을 읽고 내 시를, 나를, 토닥여 주다니. 오롯이 글로 소통하는 것, 처음 경험해 보는 감정이었다.

왕왕 첫 시집을 들춰 봐야 하는 때가 있다. 첫 시집을 볼
때마다 느끼는 거지만 부끄럽기도 하고 참 많이 애틋하다.
신기한 일은 시간이 흐르며 첫 시집을 읽는 내가 변화한다는
것. 2017년 나온 첫 시집을 2021년의 내가 읽으니 나름대로
내 시를, 나 스스로를 객관적으로 바라볼 수 있게 되었다.
내가 낸 책을 다시 읽는다는 건 그 시기에 살던 나를 읽는
것과 같다. 첫 시집을 묶었을 때의 나는 치기 어렸고 또
뜨거웠다. 그만큼 분노도 많았고 그걸 표현하는 데도 거침이
없었다. 글을 보니 그때의 내가 어떤 사람이었는지 잘 알 것
같다.

나는 나를 사랑하는 방법을 잘 모르는 아이였구나.
그래서 많이 아팠구나. 과거의 내가 참 안타깝다. 그걸
기록해 두었다는 점에서는 기특하기도 하고. 모든 창작자가
이런 기분일까? 지난 시기에 발표한 자기 작품을 통해서
이렇게 스스로의 자취와 당시의 감정, 생각, 세계를
돌아보면서 나 자신을 조금씩 용서할 수 있게 되는 걸까?
내게는 여전히 신기한 일이다.

기적

유리 부는 사나이가
대롱에 숨을 밀어 넣었다
행성처럼 부푸는
꿈

이윽고 사내가
숨을 들이마시자
따뜻한 유리물이
식도를 타고

흘러갔다

폐와 혈관에 맺히는 성(成)을 바라보며

박수를 치는
쥐 떼

들이쉬면 들이쉴수록
사내의 볼을
뚫고

유리 가락이 흘러나왔다

음악처럼
고양이 수염처럼

외부인의 그림자가 스치는 공방의 밤

종종 떠나지 않고

내부가 유리로 된
사내들이
조심조심 가마 옆으로 모인다

"기적처럼 해가 뜰 거야"

"스노우볼을 부풀려 줄게"

박제된 기관지로

그리고 키스를 나누는
몇 사람

신장이나 고환에서
교회와 해변이

태어나고

벌려진 입술 사이로
떠도는
따옴표들

미로를 얻은 사내들이
소리를 듣는다

어디에서도 간 적 없는
어디로도 온 적 없는

나의 데뷔작. 『내가 훔친 기적』에 실려 있다.
이 시 덕분에 시인이 되었다. 신인상 공모를 준비하면서
오랜 시간 공을 들여 고치고 다시 쓰고를 반복했던 작품이다.
나에게 정말로 '기적' 같은 시가 되었다.

7단계

용사, 스스로를 호명하다

제주에 처음 이주하고자 마음먹었을 때 돌아오는 반응은
반으로 갈렸다. 하나는 "우와, 제주도? 거기서 살면 진짜
좋겠다."라며 제주살이에 대한 로망을 여과 없이 드러내는
반응. 그리고 다른 하나는 "뭐, 제주도? 아직 첫 시집도 안
냈는데 앞으로 활동하려면 그래도 서울에 있는 게 낫지
않아?" 하는 걱정 섞인 반응이었다. 이제 와 생각해 보면
그건 내가 '신인'이기 때문에 받는 걱정과 참견이었던 것
같다. 그런 말을 했던 사람들이 나에게 진짜로 하고 싶었던
말은 네 인생이니까 네가 알아서 할 일이지만, 그래도 사람은
나면 서울로 보내랬어. 지금 너 실수하는 거야. 이런 것
아니었을까.
이주 직후 리모델링의 험난한 계곡을 헤매느라 '문학'의

'ㅁ'도 발음하지 못하는 나날이 이어졌다. 인간의 조급한 마음과는 달리 시간은 유유히 흘렀다. 공사가 끝나고 식당 '제비상회'를 열게 되었고 생활을 이어갈 수 있게 되면서 마침내 작가로서의 정체성을 다시 획득하는 기회가 왔다. 준비된 용사라면 기회를 놓칠 수는 없는 법.

《릿터》에 제주 생활을 연재하게 되었다. 본격적으로 에세이를 쓰는 건 처음이었다. 에세이를 쓴다는 것, 그리고 연재를 한다는 건 흥미로운 작업이었다. 이미 지난 일이 된 사건도 있고 진행 중인 일들도 있지만 어쨌든 지금 나를 둘러싼 모든 것들이 소재가 되었다. 제주로 이주한 덕에 얻게 된 기회였다. 그래서인지 제주도에 이주한 것이 더욱 맞는 일처럼 느껴졌다. 제주도라는 낯선 공간으로 이주한 작가로서 호명되는 것에 거부감보다는 긍정적인 측면을 보기로 했다. 작가라는 직업도 글로 사람들을 만나는 일이니 아무 색채가 없는 것보다는 고유한 특성을 가진 것이 낫다고 생각했다.

그러나 어떤 소외감을 느꼈던 것 역시 사실이다. 제주도에 이주하기 전 참석했던 한 행사에서 제주도 토박이인 작가를 만날 기회가 있었다. 그와는 초면이었지만 나는 반색하며 이제 곧 제주도로 이주한다고, 너무

기대된다고 흥분을 감추지 못한 채 떠들었다. 그때 그 작가는
시인으로서 활동하기 좋은 서울을 두고 왜 굳이 제주도로
가려고 하느냐고 말했다. 악의를 담은 말이 아니었으나
그 말이 달갑게 들리지는 않았다. 이제는 그가 왜 그렇게
말했는지 충분히 이해한다. 문화적 인프라가 서울처럼
구축되지 못한 지방에서 산다는 것이 얼마나 큰 어려움을
동반하는지, 특히 그곳에서 예술가로 살아남는다는 게
얼마나 어려운 일인지 깨닫게 된 것이다. 그는 내게도 똑같이
닥칠 어려움을 내다본 것이었다.

　　우리나라는 모든 분야의 인프라가 서울을 비롯한
수도권에 몰려 있는 구조라 문화적 불균형 역시 극심하다.
간단한 예를 들어 수도권에 살 때는 마음먹으면 아무 때나
독립 영화를 보러 갈 수 있었지만 제주도에는 상업 영화를
상영하는 영화관 숫자도 손에 꼽을 정도다. 그나마도 전부
시내권에 몰려 있기 때문에 내가 사는 한경면에서 영화 한
편을 보려면 차로 왕복 두 시간 거리를 이동해야 한다. 말이
왕복 두 시간이지 상영 시간도 제한적이어서 영화 한 편을
보려면 하루를 온전히 할애해야 한다. 제주도로 이주하고
나서 3년 동안 영화관에서 본 영화가 서울에 살 때 한 달에 본
영화 수보다 작을 정도다.

또 이곳에는 대형 서점이 없다. 책을 읽는 것만큼이나 큰 서점에 가 차를 마시거나, 사람을 만나고, 이런저런 서가를 돌아다니던 시간을 좋아했기 때문에 처음 이주했을 때는 이런 점이 불편하고 아쉽게 느껴졌다.

첫 시집을 준비할 당시에도 물리적 거리로 인해 불편한 부분이 있는 게 사실이었다. 교정지를 우편으로 주고받으니 시간도 더 걸리고 직관적인 피드백을 받을 수 없어 답답하기도 했다. 시집을 홍보하는 행사를 할 때도 제주에서 서울까지 이동을 해야 하니 부담이 되었다.

시집을 냈으니 이런저런 자리에 다니면서 얼굴도 비추고 인사도 해야 하는 것 아닌가 싶어 무리를 해서 서울에 오간 적도 있다. 하지만 제주도에서 자영업을 하는 사람이 일 때문에 서울에 다녀오기란 말처럼 쉬운 게 아니었다. 가족들과 함께 일을 하고 있다 보니 그들에게 양해를 구하고 서울까지 다녀와야 했는데, 내 책 홍보하러 가는 길인데도 왜 이렇게 근무 시간에 조퇴 사유서를 제출하는 회사원처럼 느껴지던지. 오랜만의 방문이라 서울의 모든 것이 반가우면서도 제주에 두고 온 일들이 자꾸 눈에 밟혔다. 한편으로는 서울에 있는 사람들도 나를 부르는 것에 부담을 느끼는 것 같았다. 이렇게 시인으로서의 모습은 희미해지는 게 아닌가 싶어 우울해졌다. 어울리던 동료들과 만나지 못하게 되고 근황을 주고받지 못하게 되었다. 다들 이런 상황을 걱정했던 거구나 싶었다.

서울 살 때를 떠올려 보면 내 옆에는 늘 사람이 있었다. 도시, 특히 서울은 인구밀집도가 워낙 높기 때문에 사람 옆에 사람이 있을 수밖에 없다. 그렇기 때문에 도시는 사람에서 사람으로 퍼져 나가는 일이 필요한 분야에 적합한 공간이다. 3차 산업에 포함되는 모든 일이 소비자의 수가 보장되어야 하는 일이니 당연히 인구밀집도가 높은 곳에서 더 많이, 더 활발히 이뤄질 수밖에.

여기까지가 제주에 완전히 적응하기 전 걱정했던 것들의 목록이다. 인구밀집도가 낮은 지역에는 놀라운 장점이 있었다. 늘 사람으로 가득 차 있던 옆자리에 다른 것이 존재하기 시작했다. 바로 시간이다. 나는 제주에 와서 비로소 온전히 나를 생각하는 시간을 가질 수 있었다.

제주에 와서 처음으로 혼자 산책을 해 보았다. 그 시간을 통해 나는 내 감정과 상태에 대해 처음으로 깊이 생각할 수 있었다. 나라는 존재의 맨얼굴을 서른 살이 되어서야, 비로소 마주하게 된 것이다. 야자수, 탁 트인 시야, 넓은 밭, 끝내 바다로 이르는 좁은 길. 생경한 풍경들 사이로 내 모습이 보였다.

　외부에서 들리는 소리가 사라지자 작아서 잘 들리지 않았던 내부의 소리가 조금씩 들리기 시작했다. 내가 두려워하는 것, 내가 끝내 지키고자 하는 것, 내가 진짜로 원하는 것. 그 소리에 집중하자 지금 어떤 일에 몰두해야 하는지가 분명해졌다. 지금 당장 해야 하는 것을 하자. 해야 하는 것에는 주로 하고 싶은 일을 가장 위에 두자. 그 외에 다른 것을 못하게 된다고 해도 너무 아쉬워 말자. 지금 이 순간 가장 잘 할 수 있는 일을 한 것만으로 만족하자.

　거대한 시간 속에 서 있으니 인간이 가진 시간이라는 게 얼마나 유한한지, 얼마나 하찮은 것인지 알게 되었다. 너무 상투적인 이야기 같지만 생각이 여기에 다다르자 자연스럽게 인간관계도 정리되었다. 물리적인 거리가 생기자 나를 진심으로 아끼고 찾아 주는 사람이 누구인지 명확해진 것이다. 진정 나를 만나고 싶은 사람, 또는 내가 진심으로 얼굴을 보고 손을 맞잡고 싶은 사람과는 어떤 형태로든 만날 기회를 만들었다. 만날 기회가 여의치 않았다 하더라도 서운한 마음 없이, 그저 내가 하는 일을 멀리서 응원해 주고 있다고 생각하게 되었다. 많은 사람을 만나는 일은 줄었지만 소중한 사람들을 분명히 알게 되었다.

문화 인프라에 대한 갈망도 행동하기 나름이었다.
영화관에 갈 수 없지만 영화를 보고 이야기하는 건 할 수
있다는 생각으로 영화 토론 모임을 만들었다. 그나마 우리
동네보다는 번화한 한림 읍내에 있는 한 카페에 무작정
포스터를 붙였다. '비밀 영화단'을 모집한다는 내용을 담은
포스터였다. 이렇게 아날로그한 방식으로도 모집이 잘 될까
싶었는데, 웬걸? 나와 같은 갈증을 느끼는 사람이 많았는지
생각보다 멤버가 금방 모집되었다. 이 모임에서 지금
작업실을 공유하고 있는 친구 D도 만났다.

　　제주도에는 수많은 동네 서점이 있다. 내가 이주한
2016년을 기점으로 정말 많은 동네 서점이 생겼는데
2020년에 제작된 제주 책방 지도를 보니 60여 개에 이른다.
이 지도에 나오지 않은 서점까지 하면 훨씬 더 많겠지.
(2021년 현재 100여 개가 넘는다고 한다.) 나는 한경면 고산리에
위치한 무명서점을 자주 찾는다. 무명서점과의 인연을 통해
서점원 J 언니와 함께 다양한 문화 프로그램도 진행하고
프로젝트도 꾸리고 있다.

　　문화 시설이 부족한 곳에 살기 때문에 내가 만든
창작물을 선보일 수 있는 기회가 더 소중하고 다른 이들과
함께하는 프로젝트가 더 달갑다. 오히려 서울에 살 때보다도
활동이 많아졌다. 도시에서는 이미 틀이 갖춰진 강연이나

행사 등에 내가 들어가기만 하면 되었지만 여기서는 직접
예술과 문화 관련 일을 만들려고 애쓴다. 없으니까 내가
하는 거다. 심지어 2020년에는 코로나 19 바이러스가 전
세계에 창궐하면서 언택트 시대가 도래했으니…… 많은
분야가 온라인으로 전환되고 새롭게 배치되고 있다는
것을 실감한다. 물리적 거리가 삭제된 온라인 세계에서는
서울이냐 제주도냐보다는 내가 가진 콘텐츠가 중요하게
되었다.

　　호명은 중요하다. 문학을, 예술을 하는 사람으로 살면서
호명받는다는 건 매우 중요한 일이다. 나 혼자만 보자고
글을 쓰는 건 아니니까. 글을 쓰는 사람으로서 예술을 하는
사람으로서 내 작품이 많이 알려져야 돈도 벌고 생활을
영위할 수 있으니까.
　　제주에 이주하면서 호명받는 기회가 적어질까 봐
걱정했고 실제로 그러했기에 외로운 마음이 들기도 했다.
그러나 나와의 시간을 오롯이 보내며 깨닫게 된 것은 나는
남들의 호명을 기다리는 사람이 아니라는 것이었다. 요즘
하는 모든 활동의 중심에는 아무도 안 불러 주면, 내가
부르지 뭐 하는 심정이 있다. 나는 나니까 내 이름을 가장
정확하게 부를 수 있잖아. 이런 생각으로 내 이름을 크게

부른다. 제주에서든 서울에서든 내 이름을 가장 크게 잘
부를 수 있는 사람은 나뿐이니까. 기왕 이렇게 된 거 제주로
이주한 작가 중에 제일 크게 오랫동안 호명받는 사람이
되었으면 좋겠다. 예술 분야 관계자 여러분. 제주도에 시인
강지혜가 살고 있습니다. 글도 쓰고 프로그램도 꾸려요. 많은
관심 부탁드려요.

가정

내가 어떤 말을 해도 너는 끊임없이 춤을 추고

네 춤이 점점 뜨거워진다
사방으로 퍼지는 연기
매캐해 숨을 쉴 수가 없으니

여기는 춤을 끓이는 지옥
거대한 솥 안에는 나를 짓밟는
너의 스텝, 앤 스텝
그리고
썩어 문드러져 형태를 알아보기 어려운
가슴을 내리치는
내 손모가지들

우리는 왜 함께 이곳에 살까
우리는 왜 함께 죽어도 죽지 않을까

극악무도한 함께
자비가 없는 함께

천연덕스러운 용광로에서
나의 아이가 건져 올려지고

그로부터 일 년
집이
가장 위험한 곳이 되었다

위험한 밥그릇 위험한 칫솔 위험한 쓰레기통 위험한 기저
귀 위험한 바디로션 위험한 문고리 위험한 식탁 위험한 냉장
고 위험한 수건 위험한 주거 위험한 신발 위험한 함께 위험한
춤 위험한 가장 위험한 가사 가장 위험한

우리가 함께

끝내 기화되지 않고
지옥을 가득 채우는
지독한
춤

우울감이 극에 달할 때 썼던 시다. 어떤 방식으로든 풀어내야 살 수 있으니까.
시를 쓰지 못한 상태로 오랜 시간이 지나면 쓰지 않고는 견딜 수 없는
때가 온다. 시를 써야만 하는 일들이 생기기도 하고.
《포지션》 2021년 봄호에서 찾아볼 수 있다.

어느 귀여운 요정과의 만남

어느 날 꾀죄죄한 꼴로 점심을 먹는데 동생과 남편이 강아지를 데려와야겠다고 말을 꺼냈다. 나는 그야말로 기함했다. 강아지를 키운다고? 지금 우리 형편에 강아지를? 사람도 못 살겠는데, 강아지? 나는 무슨 헛소리를 하는 거냐며 용사로서의 체통은 잠깐 저버리고 펄쩍 뛰었다. 두 사람은 이미 말을 맞춰 놓았는지 시골에서 강아지 키우는 게 예전부터 꿈이었다는 둥 뜬구름 잡는 소리를 해 대는 것이 아닌가. (지금 생각하면 이 얼마나 무지한 말이었나. 여러분 반려동물 입양은 제발 신중하세요. 제발!)

시골살이에 로망만을 가지고 이주한 용사가 물리쳐야 할 빌런은 가히 끝이 없었다. 활용할 수 있을 거라 생각했던 창고는 무허가 건물이었고 정화조 역시 허가를 받지 않은 채 마당 한구석에 묻혀 있었다. 심지어 집주인조차 정화조가 묻혀 있다는 것을 모르고 있을 정도였으니 얼마나 오랜 시간 동안 관리가 되지 않은 곳이었겠는가. 이곳에 사람이 살고 있었다니 믿을 수 없었다. 이곳에 비하면 도시의 상하수도는 얼마나 체계적인가, 전기는? 도시가스는 어떻고? 낮고 아름다운 돌담, 넓은 뒤뜰, 그 안에 탐스럽게 익은 하귤나무 두 그루. 그 모습에 홀려 꿈꾸었던 여유롭고 평화로운 제주살이의 환상은 모두 무너졌다. 산산이 부서져 버렸다. 용사여…… 진정 여기서 무너질 텐가?

　　나를 포함해 남편, 남동생 역시 그렇게 오랜 기간 동안 육체노동을 해 본 적이 없던 터라 얼마 지나지 않아 머리끝부터 발끝까지 지칠 대로 지쳐 버렸다. 매일 아침 눈을 뜨면 제대로 씻지도 않은 채 대충 요기를 하고 해가 지기 전까지 집 여기저기를 뜯어 고친다. 이것에 손대면 저것이 나오고 저것을 마무리하면 이것이 문제였다. 그래도 해가 떠 있을 때는 일이라도 해서 몸을 쓰니 다른 생각이 들지 않지만 밤이 오면 오만 잡생각이 찾아오는 게 고역이었다. 도대체 내가 왜 제주에 오자고 했지, 시골도 사람 사는 곳이라더니 순 거짓말이었구나, 내일은 또 어떤 문제가 생길까, 답도 없는 고민이 꼬리에 꼬리를 물고 이어졌다. 몸도 마음도

점점 피폐해져 갔다. 용사는 원래 고독한 법이겠지만 이건
너무해⋯⋯. 게다가 통장마저 슬슬 한계에 다다르고 있었다.
먹어야 할 입은 셋인데 셋 모두 경제활동을 못하고 있으니
모아 두었던 돈은 점점 떨어져 가고. 정말 미치고 팔짝
뛰겠는데⋯⋯ 밝아 오는 아침. 아침이면 시작되는 노동,
노동, 노동.

　　나는 어릴 때부터 동물을 정말 좋아했다. 아주 어릴
때 잿빛 털을 가진 강아지를 한 마리를 키웠는데 이름이
뽀삐였다. 아파트로 이사를 가면서 마당이 있는 엄마 친구의
집으로 뽀삐를 보내던 날, 영화에 나오는 것처럼 뽀삐가
타고 가는 차를 지칠 때까지 따라갔던 기억이 있다. 동물을
좋아하는데도 불구하고 그 후로 지금껏 반려동물을 곁에
두지 않은 건 내가 그 동물을 얼마나 사랑하게 될지 잘 알기
때문이었다. 정말 좋아해서 너무 사랑하게 될 것이 불 보듯
뻔해서 곁에 두고 싶지 않은 마음.
　　남편과 동생이 그런 내 마음을 알 턱이 없었다. 나는
처음엔 극렬히 저항하며 반대했다. 하지만 결국에는 밀렸다.
조력자들의 합심이란. 내가 그들을 우습게 본 것이다. 한 발
후퇴해 공사라도 끝내 놓고 강아지를 데려오자는 의견을
제시했다. 그러나 두 사람은 끝까지 완강하게 밀어붙였고

본격적인 더위가 시작되기 전이었던 2016년 6월 중순 우리는
털빛이 크림색인 래브라도 리트리버 한 마리를 입양했다.

아직도 그날이 기억난다. 너를 처음 만나던 날. 우리가
보호자의 집에 방문하기로 한 것은 저녁 7시. 그런데
8시가 되어도 보호자가 전화를 받지 않았다. 우리는 묘한
긴장 속에서 저녁밥을 먹으며 9시까지만 기다려 보기로
했다. 결국 9시가 지나고 이제 그만 돌아가자며 다시 차에
올라탔을 때 보호자에게서 연락이 왔다. 우리가 도착했을
때는 다섯 마리 꼬물이들이 서로 엉켜 장난을 치고 있었다.
어미가 낳은 아홉 마리 새끼 중에 한 마리는 태어나자마자
죽고 세 마리는 이미 입양되어 떠났고 다섯 마리가 남아
있었다.

우리는 단박에 녀석에게 마음을 뺏겼다. 가장 작은데도
제일 활발해 보이는 녀석. (나중에 알게 되었지만 바로 이것이
기질이라는 거고, 이 성격 그대로 자란 강아지는 엄청난 성질의
개가 된다……) 보호자는 녀석이 막내라서 구순이라고
부르고 있다고, 제일 어린데도 언니오빠들에게 지지 않고
엄청 앙칼지다고(이때 눈치챘어야 하는데……) 설명해 주었다.
이야기를 들으니 녀석이 벌써 좋았다.

어린 강아지에게서는 꼬릿하면서도 고소한 냄새가 났다.

동생이 뒷좌석에서 녀석을 꼭 안고 집으로 왔다. 오는 동안 녀석은 차멀미를 심하게 했다. 긴장한 데다 자동차는 처음 타 보는 거라 그런지 동생의 바지에 오줌을 두 번이나 쌌고 계속 침을 흘렸다. 평소 제 옷에 애착이 많은 동생인데 그날은 눈살 한번 찌푸리지 않았다.

녀석은 하룻밤을 자고 일어나더니 새로운 보금자리에 완벽히 적응해 있었다. 우리는 넉살 좋은 녀석에게 '신지'라는 이름을 붙여 주었다. 본래는 '신'창리 '지'킴이에서 한 자씩 딴 것인데, 이름 따라 간다더니 점차 '신'창리 '지'랄견의 면모를 갖춰 갔으니 이름이 꼭 맞았다. 우리는 신지에게 우리를 지칭할 때 언니, 오빠라고 했다. 엄마, 아빠는 좀 낯간지럽기도 하고 (당시에는 애가 없었으니) 그렇게 되면 내 동생은 신지에게 삼촌이 되는데 그러면 촌수가 너무 복잡해지기에 모두 2촌으로 통일한 것이다. 새롭게 생긴 우리 동생 신지는 정말 해도 해도 너무 귀여웠다.

매일 찾아오던 밤보다 더 깊고 어두웠던 고민들은 신지와 함께 보내는 시간 덕분에 저 멀리 물러났다. 그도 그럴 것이 신지는 우리에게 고민할 시간을 주지 않았다. 어린 강아지는 정말 손이 많이 간다. 아무 데나 똥오줌을 쌌고 먹었던

사료를 토하는 일도 잦았다. 가구며 옷가지 등 모든 것을
물어뜯어야 직성이 풀리는 듯했고 끊임없이 놀아 달라며
날카로운 이빨로(강아지 유치는 매우 날카롭다.) 식구들을
채근했다. 아침부터 저녁까지 고된 노동을 하고 밤에는 쉴
틈 없이 신지 뒤치다꺼리를 하는데도 나와 남편과 동생의
얼굴에는 웃음이 끊이지 않았다.

　작은 강아지 한 마리가 몰고 온 빛은 실로 찬란했다.
귀여움이 가진 힘은 어마어마했다. 물론 공사에는 이렇다 할
진전이 없었고 도처에 산재한 문제들은 아무것도 해결되지
않았지만 신지 덕분에 우리는 하루에 몇 번씩 아무 걱정 없는
사람들처럼 웃을 수 있었다. 신지와 함께 동네를 산책하면서
여기 이 제주가 아름다운 곳이라는 것을 잊지 않을 수
있었다. 신지와 우리들의 형제애는 점점 진해졌다. 이쯤 되니
인정하지 않을 수 없었다. 신지와 함께하는 이 제주에 다시
한번 반하게 되었다는 것을. 나는 다시 사랑에 빠져 버렸다.
조력자들이 제대로 조력해 주었다는 것 역시 인정하지 않을
수 없겠지.

　그리고 덧. 가정에서 입양하는 경우라 하더라도
반려동물을 '사 오는' 것은 지양해야 한다. 신지를 데려오기
전에 나는 '품종견'이 어떻게 품종견이 되는지, 품종견의

'생산'을 위해 그 어미는 왜 몇 번이나 출산을 반복해야
하는지 전혀 몰랐다. 알지 못하는 세계, 아니 알려고 하지
않았던, 가시화되지 않았던 세계.

　　나도 신지와 함께한 5년 동안 성장했다. 반려동물의 삶에
대해, 그들이 마땅히 누려야 할 권리에 대해 생각할 수 있는
사람이 되었다. 무지하던 내가 보이지 않았던 세계를 보게
되었다. 지난날의 나를 반성하고, 앞으로의 사랑을 위해
있는 힘을 다할 거다. 이건 모두 신지 덕분이다. 나를 더 나은
사람으로 만들어 주는데 귀엽기까지 하다니. 어떻게 너를
사랑하지 않을 수 있을까.

흰 개

누가 실수로
세상에 찍어 버린
하얗고 슬픈 점

에라, 나도 모르겠다
하고 무정하게
떠나 버린
하얗고 비참한 얼룩

태어난 지
두 달은 되었을까
이제 더 이상
팔랑팔랑 흔들리지 않는
개의 꼬리

나의 커다랗고 흰 개가
작고 하얀 개의 냄새를 맡는다

죽음으로 여기 있는 흰 개야

생명이 넘실대는 나의 흰 개야

축축한 너의 코가
차가운 너의 몸뚱이에
쿵쿵 닿았다 떨어질 때

절망과 사랑 속으로
온몸이 빠져 버린다
걷잡을 수 없이
풍 – 덩 – 하고

내동댕이쳐진다

별일 아니라는 듯 슬며시 밀려왔다

한 줌 남은 영혼까지 쓸어가 버리는

거대하고

흰

파도야

작고 흰 몸뚱이로

잠시 세상에 왔다 간
개

이 개 좀
데려가 주라

《서정시학》 2020년 봄호에 발표한 작품이다. 신지와 함께 산책을 하다
작고 흰 강아지가 딱딱하게 굳어져 있는 것을 보았다.
신지는 강아지의 죽음을 알았을까. 잠시 강아지의 냄새를 맡더니
가던 길을 갔다. 집에 돌아와서도 강아지의 모습이 머릿속을 떠나지 않았다.
묻어 주기라도 해야 할 것 같았다. 남편과 함께 다시 그 자리로 갔을 때,
강아지의 모습은 보이지 않았다. 모든 길 위의 생명들은 어디서 와서,
어디로 사라지는 걸까.

무정박 항해 중인 너에게

내가 사는 한경면에는 풍차해안도로가 있다. 해안을 따라 풍력발전소가 즐비한 풍경이다. 특별할 것 없어 보이는 모습이지만 여행객의 눈으로 보자면 이 풍차라는 것이 참 이국적이고 웅장한 볼거리다. 최근에는 미디어에서 제주 서쪽에 대한 스케치가 등장할 때 꼭 이곳의 모습을 담는 것 같다.

나 또한 처음 이곳에 터를 잡을 때 이 모습에 적잖은 매력을 느꼈다. 제주공항에서부터 일주서로를 타고 달리다 보면 멀리서부터 풍차가 마치 운집한 군중처럼 나타난다. 또한 서쪽의 풍경이면 응당 그러하듯 낙조가 멋지다. 붉은 태양이 하루 일과를 마치고 거대한 풍차 사이로 떠나가는 모습이 꽤 볼 만하다.

그러나 풍차가 많다는 것은 그만큼 바람이 많다는 것. 이 이국적인 풍경 속에는 바로 그 진실이 숨어 있다.

풍차 소리는 가까이에서 들으면 훅, 훅, 훅, 훅 하고 운동성이 더해진 소리가 나고 멀리서 들으면 후우우우웅 하고 무언가 우는 것 같은, 동물성이 더해진 소리가 난다.

서른 이전, 나는 바람 소리를 무척 예민하게 느끼던 사람이었다. 내가 공포를 느끼는 대상이 특히 청각적인 것에 기인해 있는데 그중에 바람소리가 큰 비중을 차지했다. 바람이 창을 흔드는 소리는 내 안전이 위협받는 소리로 들렸다. 밤에 자려고 누웠을 때 거센 바람소리가 들리면 잠을 이루지 못하는 날이 잦았다. 두려웠다. 현재의 두려움이 과거의 두려움을 소급하여 오고, 결국 잠을 몰아내 버리는 밤들이 있었다. 무엇이 그렇게 두려웠을까.

과거의 꼬리를 잡고 따라 들어가 보면 비와 바람이 새는 집들을 발견하게 된다. 곧 철거가 예정되어 있던 오래된 연립주택. 어둠 속으로 걸어 들어가는 것 같았던 반지하 집. 얇고 연약한 문 하나가 유일한 안전장치였던 집. 불안과 공포가 방마다 웅크리고 있었던 집들. 그리고 그 안에서 자라난 너와 나.

부모님의 이혼 후 나와 동생은 아버지와 함께 살았다.

아버지는 최선을 다해 두 자식을 길렀다. 그럼에도 우리는 오랫동안 가난했고 불안했고 외로웠다. 가난의 자장 아래 자라는 아이들이 으레 그렇듯 많은 것들을 포기해야 했고 많은 위험에 노출되었다.

나와 동생은 많은 위험 속에서 사춘기를 보냈다. 나는 위험하고 불안한 집에 있는 시간이 길었기에 점점 겁이 많은 인간으로 자랐고 동생은 그 반대였다. 위험한 집에서 뛰쳐나갔고 스스로를 지키기 위해 힘을 길렀던 것 같다. 동생이 속한 폭력적이고 좁은 사회 속에서 빠른 속도로 폭력에 물들어 갔다. 운동 특기생으로 진학했던 아이가 운동을 그만두자 불량학생이 되었다는 클리셰. 흔해 빠진 바로 그 서사다. 가난이 무서운 이유는 포기해야 하는 게 많아진다는 데 있다. 어린 나이에 포기를 알게 된 아이들은 마음이 일그러지기 쉬운 재질로 바뀐다. 일그러지는 모양이 각기 다를 뿐.

사춘기 시절은 벌써 까마득하고 당시에는 가슴이 찢어지는 것 같았던 기억도 지금은 옅은 미소를 띠게 하는 추억이 되기도 했지만, 아직도 잊혀지지 않는 몇 가지 장면이 있다.

운동을 포기하고 일반 학교로 전학을 한 지 얼마 되지

않아 동생은 많이 아팠다. 밥을 먹으면 자꾸 푸른색 토를
게워 냈고 계속해서 복통을 호소했다. 아버지는 운동을 하던
애가 갑자기 운동을 하지 않으니 그러는 거라며 아픈 동생을
데리고 천변을 뛰었다. 그것이 아버지 나름의 사랑이었으나
우리 모두 알고 있듯 사랑이 언제나 올바른 방식으로
나타나는 것은 아니다. 그건 그냥 큰 오류고 실수였다.

　동생은 신경성 위경련이었다. 조금 더 늦게 왔더라면
큰 병으로 진행되기 직전이었다는 진단을 받았다.
그때부터였을까? 동생은 점점 더 집에 있는 시간이 줄었다.
학교를 옮기고 나서 동생은 늘 귀가가 늦었다. 아버지는
동생보다 더 늦게 집에 들어왔으니 동생이 언제 들어오는지
내가 말하지 않으면 알 방법이 없었다.

　동생과 아버지가 모두 늦는 날이면 나는 집에서 혼자
시간을 보냈고 그때마다 항상 무섭고 불안했다. 우리가 살던
집들은 하나같이 약했다. 누군가 문을 부수고자 하는 마음만
먹어도 그 악의만으로 힘없이 부서져 버릴 것 같은 집이었다.
사람도 집도 나를 지켜줄 수 있는 건 아무것도 없었다.

　한 날, 그날도 역시 아무도 없는 집에서 일부러 티브이를
크게 틀어 놓고 있었는데, 피곤에 절은 얼굴로 동생이
들어왔다. 동생은 빨리 씻고 싶다며 웃옷을 벗었고 나는

동생의 양 가슴에 뚜렷하게 난 붉은 발자국을 보았다. 다급히
욕실로 가려는 동생을 붙들고 물었다.

"너 이거 왜 이래?"

"별 거 아냐."

"이게 왜 별 게 아냐? 누가 봐도 발자국인데?"

"그냥 신고식 같은 거야……."

그날 동생은 도대체 무슨 신고를 했고 그 애들은 어떤
신고를 받고 싶었던 걸까. 지금이야 어린 날의 치기였다고
말할 수 있는 일일지도 모르지만 그때는 몹시 두려웠다.
동생이 영영 돌아올 수 없는 곳으로 가 버린 것 같았다.
아파도 아프다고 말할 수 없는 곳으로, 부당해도 부당하다고
말할 수 없는 곳으로. 꾹꾹 붉은 발자국을 남기며. 그렇게
떠나는 동생의 뒷모습을 나는 바라볼 수밖에 없었다. 나 역시
다른 세계로 떠나고 있었으므로.

우리가 살았던 가난한 집들 중에서도 가장 살기 힘들었던
곳은 지금은 재개발이 되어 사라진 연립주택이었다. 내가
나고 자란 곳은 서울 중에서도 변두리, 재개발이 한창
진행되던 곳이었다. 재개발 지역의 풍경은 어디든 비슷했던
걸로 기억한다. 재개발 동네에 사는 많은 부모들은 늦은
시간까지 집에 없는 경우가 많았다. 하루 벌어 하루 먹고사는

것도 팍팍한 사람들이었으니까. 이웃들은 서로 왕래가
없었고, 하루가 멀다 하고 크고 작은 싸움 소리가 들렸다.
방음 기능은 애초에 없는 집이었다. 사람들이 싸우는 사연은
각각 다 다른 듯 보였지만 실은 단 한 가지 이유에서였다.
돈이 필요한데, 돈이 없으니까.

그 동네의 집들은 당연히 단열이 좋지 못했고 창과
문은 모두 한 겹으로 되어 있었다. 심지어 건물이 심각하게
노후되어 집 곳곳이 부식되어 부서져 내렸다. 그러면서도
그렇게 생긴 집들이 어찌나 빼곡했는지. 건물과 건물 사이
골목이라는 게 없었다. 내 방에서 창문을 열면 바로 옆
건물의 방이 보였다. 손을 뻗으면 그 방에 닿을 수도 있었다.

그렇게 가까운 곳에 무속인의 신당이 있었다. 그 집에서
사는 2년 동안 일요일 아침마다 방울 소리에 잠을 깼다. 여러
개의 방울이 모여 서로 부딪히며 나는 그 소리. 어떤 날은
그런대로 들어줄 만하기도 했고 어떤 날은 도저히 견딜 수가
없었다. 내 방 창문을 열고 그 집 창문에까지 손을 뻗어 왈칵
열어젖히고 "제발 그만 좀 해요!" 소리를 지르고 싶었다.
물론 절대로 그런 적은 없었다. 가끔씩 옆집 창문이 열려
있을 때 보았던 신당이 너무 무서웠으니까. 눈을 부라리고
있는 장군상과 눈이 마주칠까 봐 두려웠다. 눈을 질끈 감아
버리는 것 말고는 할 수 있는 게 없었다.

그 집에서 나는 잠을 잘 못 잤다. 잠을 자려고 하면 어김없이 가위에 눌렸다. 그런 일이 여러 번 반복된 뒤부터는 횟수를 헤아리기 시작했는데 하룻밤에 여섯 번까지 가위에 눌리는 날도 있었다. 매일 밤 빨리 아침이 되었으면 바랐고, 교실 책상에 엎드려서 자고 싶다는 생각뿐이었다. 그 집에서는 편안한 수면도 안전도 보장되지 않았다.

그런 집들을 전전하는 와중에도 가족 중에 나만 성별이 다르다는 이유로 늘 독립된 방을 제공받았다. 내 방에는 우리가 이사를 할 때마다 나를 따라다녔던 비키니 옷장(지금은 패브릭 장이라고 하나?)이 있었다. 검은색 바탕에 노란색 꽃이 잔뜩 그려져 있는 옷장이었다. 심한 악몽에 시달릴 때면 옷장에서 노란 꽃들이 우수수 튀어나왔다. 꽃들이 만발한 사이로 이 세상 존재가 아닌 걸 보기도 했다. 그런 날이면 귀에 이어폰을 꽂고 밤새도록 음악을 들었다. 내가 할 수 있는 유일한 도피였다.

종종 아버지와 갈등이 생기는 날이면 이어폰을 귀에 꽂고 밤새도록 종이를 찢었다. 그해 달력을 모조리 찢으며 아직 살아 보지 못한 날들을 세어 보기도 하고 오랜 시간 동안 썼던 일기를 전부 찢어 버리며 살아 온 시간을 버려 보기도 했다.

동생은 이런 내 모습을 그저 지켜보았고 아무런 말을

하지 않았다. 동생이 찾은 해답은 집에서 보내는 시간을 조금씩 줄이는 것이었을까. 그게 동생에게는 유일한 도피였을지도 모르겠다. 아버지는 아버지대로 동생은 동생대로 나는 나대로. 함께 이겨 내자, 잘 헤쳐 나가자, 같은 말은 할 수 없었다. 각자 살아남기에도 우리는 너무 버거웠다.

성인이 되고 나서도 나와 동생은 끊임없이 이곳저곳을 떠돌았다. 우리는 각자 서울이나 경기도에서 자취를 하기도 하고 각각 다른 시기에 엄마가 있는 일본에서 살기도 했다. 그렇게 돌고 돌다가 결국 함께 제주도로 온 것이다.

나는 동생과 함께 지낼 안전한 집을 만들고 싶었다. 얼떨결이기는 했지만 나는 결혼이라는 제도를 통해 안전한 집을 체험해 보았으니까 동생에게도 그런 걸, 아니 그 비슷한 것이라도 주고 싶었는지도 모르겠다.

한 사람이 가장 안전하고 편안하다고 느끼는 상태는 본인 스스로가 만들어 나가야 한다는 걸 그때는 몰랐다. 나의 오만함 때문에 결국 우리 둘 다 적잖은 상처를 받은 것이다. 내 서툰 마음에 대해 이 지면을 빌어 동생에게 진심 어린 사과를 전하고 싶다.

무정박 항해

—아무도 없는 바다, 찬란한 빛을 내는 배 한 척,
뜨거운 음악으로 흐르는
경구에게

다리와 팔을 마구 휘저으며 그가 춤을 춘다
춘다기엔 살을 푸는 것 같고
푼다기엔 무거운 짐을 나르는 모양새로

그가 가방에서 자기 키만 한 피리를 꺼낸다

'저 구멍을 모두 막을 수 있을까.'

곧 그의 손이 일곱이 된다
일곱 손잡이가 되니
오른손도 왼손도 없다

네가 태어나던 날
너는 무엇으로 나를 훔쳤을까

모든 선실에 음악이 가득하고
돛이 없어도 수백 개의 대양을 떠돌 수 있는
그 배에서 우린

"이름 붙이는 건 맨 나중으로 미루자, 누나."

나는 오랫동안 본다
고통받는 너의 달팽이관에 건배를,

물비늘처럼 수줍게 반짝이는 네 왼, 아니 오른, 첫, 아니 세
번째, 아니, 네, 손을

우리가 끝내 바다에서 죽는다는 것을
부끄러워 말자
어차피
날개가 하나면 천사도 병신이잖아

세상에 하나뿐인 내 동생, 경구. 실은 너를 지켜보는 나 역시 바다에 있었어.
떠돌고 있었어. 우린 함께 흔들리고 있는 거지. 너의 항해를 영원히 응원하며.
첫 시집에서 찾아볼 수 있는 작품이다.

10단계
생계의 퍽퍽함

이쯤에서 한번 상기해야 할 필요가 있다. 제주라는 섬에
던져진 용사에게는 하늘의 보석과 땅의 보석을 손에 넣어야
한다는 중요한 목표가 있다는 것을. 하늘의 보석을 시로
대표되는 예술, 이상에 대한 분야에서 찾아야 한다면 땅의
보석은 용사가 생활인으로서 살아가는 모든 영역에서 건져
올려야 한다.

그런데 이 생활이라는 것이 참 퍽퍽하고 녹록치 않다.
특히 제비상회를 운영하면서는 몇 가지 사건을 통해
인류애가 바사삭 사라지는 경험을 하기도 했다. 도대체
어디에 묻혀 있는 걸까, 땅의 보석은.

서비스업을 운영할 때 불특정다수를 상대해야 한다는

것은 체력적으로도 힘들지만 감정적으로 매우 어려운
일이다. 식당을 찾아오는 손님이 다양한 만큼 시쳇말로
'진상'의 종류도 정말 무궁무진하다. 음식도 서비스도 아무
문제가 없는데 괜한 트집을 잡는 '아무것도만족못해형',
음식이 나오는 속도에 매우 민감한 '빨리빨리형', 다른
손님과 본인이 제공받은 서비스가 다르다고 항의하는
'왜나만미워해형', 음식도 괜찮고 서비스도 괜찮으니까
사장님 사는 얘기 좀 더 해 달라는 '외로워서그래요형', 음식
맛에 대해 전문 용어를 섞어 가며 평론가처럼 평가하는
'내가바로고든램지다형' 등.
　　물론 자본주의 사회에서 소비자로서의 권리를 요구하는
것은 당연하다. 하지만 그 당연함만큼이나 기본적인 권리에
대한 요구와 무리하고 무례한 요구를 구분하지 못하는
사람들도 정말 많았다.

　　진상 손님을 상대하는 것보다 더 어려웠던 것이 있다.
음식에 대한 불만은 담당자인 남편이 해결하면 되는
문제고 접객에 대한 문제는 담당자인 내가 조치를 취하면
되는 부분이었다. 그런데 제비상회를 운영하는 동안
마당에서 실외견으로 지냈던 신지에게 해를 가하는 손님을
맞닥뜨렸을 때는 도대체 어떻게 대처해야 하는지 알 수가

없었다.

　초등학교 저학년 정도로 보이는 아이와 부모, 조부모가
함께 식사를 하러 온 손님이 있었다. 제비상회가 그렇게 큰
규모가 아니다 보니 밥을 먹으며 하는 소리가 자연스럽게
귀에 들어왔는데 아이의 말투가 매우 거칠었다. 부모에게는
물론이고 조부모에게도 아무렇지 않게 거친 말들을
내뱉었다.

　아이의 언사가 충격적이었고 부모와 조부모 모두 그 어떤
훈육 없이 그저 묵묵히 밥을 먹는 기묘한 상황이었기 때문에
지금도 생생히 기억이 난다. 아이는 어른들보다 먼저 밥을
다 먹고 마당에 가서 혼자 놀고 있었다. 나는 다른 테이블의
손님에게 음식을 건네고 마당에서 놀고 있는 아이를
쳐다보았다.

　그때였다. 아이가 가만히 누워 있는 신지의 머리를 세게
퍽, 퍽, 퍽하고 세 번을 내려쳤다. 나는 순간 너무 놀라서 너
지금 뭐하는 거니? 소리를 질렀다. 그 후 아이 어머니가 뛰어
나와서 아이를 다른 곳으로 데려갔다. 아이나 부모 중 누구도
사과의 말을 하지 않았다. 나 역시 당황했던 것도 있지만
그 아이와 부모가 손님이라는 이유 때문에 제대로 사과를
요구하지 못했다. 신지는 갑자기 벌어진 일에 어리둥절한
모습이었다.

그날 밤 나는 잠을 이루지를 못했다. 너무 분하고 화가 났다. 서비스를 제공하는 입장이라는 것, 을의 입장이라는 것이 부조리를 참아 넘겨야 하는 일이 많다는 것은 익히 알고 있었지만 이건 좀 달랐다. 도대체 신지가 왜? 신지는 아무런 잘못도 하지 않았는데. 내가 운영하는 식당에서 생활한다는 이유만으로 왜 그런 폭력에 무방비하게 노출되어야 했을까.

처음에 신지는 순하고 사람을 좋아하는 강아지였다. (현재 신지는 익숙한 사람은 좋아하지만 낯선 상황이나 대상에게는 경계심이 심한 강아지로 자랐다. 신지의 성격이 바뀌게 된 데에는 여러 가지 사건들이 있었다.) 신지는 아이들과도 잘 어울렸는데 어느 날 손님으로 온 아이들 중 한 명이 신지에게 초콜릿을 주는 일이 있었다. 강아지를 키우고 있는 사람들은 잘 알겠지만 초콜릿은 개가 먹으면 절대 안 되는 음식 중 하나다.

아이에게는 당연히 그런 정보가 없었을 것이고 다행히 소량이어서 신지에게 큰 문제가 일어나지는 않았지만 나는 신지가 마당에서 사는 것이 점점 더 불안해지기 시작했다. 그 후 마당 가운데 견사를 설치하고 신지를 손님들과 분리했다. 그것도 완벽한 해결책이 되지는 못했다. 술에 취한 손님이 견사 문을 열고 들어가서 본인의 자녀를 불러 신지랑 놀게 한 사건이 발생했기 때문이다.

  결국 용사는 요정을 지키기 위해 실내견 선포를 하기에
이른다. 당시만 해도 반려동물에 대한 지식도 별로 없었고
대형견에 대한 인식도 미약했던 터라 대형견과 집 안에서
산다는 것에 막연한 걱정이 많았다. 실내에서 신지와 함께
살게 되면 배변은 어떻게 해 줘야 하는지, 집이 워낙 좁기도
하고 실외견으로 산 시간이 길어서 답답해하지는 않을지,
털이 많이 빠지는 견종인데 그걸 내가 감당할 수 있을지…….
그러나 두려움을 이기는 것은 사랑하는 존재를 지키고자
하는 마음이었다. 신지는 중성화 수술을 기점으로 용사의
집에서 함께 사는 요정이 되었다.

  물론 식당을 운영하면서 나쁜 일만 생겼던 건 아니다.
즐겁고 의미 있는 일이 더 많았다. 어떤 공간을 소유하게
된다는 것은 하나의 장(場)을 갖게 된다는 것이기도 하다.
장이 생기면 그 안으로 사람들이 모인다. 그렇게 모인 사람들
사이에서 형성되는 유대와 연대는 특별한 일을 할 수 있는
원동력이 되기도 한다.
  2016년 당시 제주도는 이주민이 폭발적으로 늘었던
시기다. 제주에 이주한 이주민들은 주로 자영업에

종사하는데 서로의 사업장을 오가면서 친분이 쌓이니
자연스럽게 네트워크가 형성되었다. 그 네트워크의
거점으로 제비상회가 활용되었다.

비슷한 시기에 제주에 입도해 비슷하게 리모델링
공사를 하며 친해진 K 언니(제주에서 찾은 소울메이트!) 가족,
제비상회에서 사장과 손님 사이로 만나 친해진 H 언니와
남편을 통해 알게 된 E 언니네 가족, 자주 가던 카페에서
친해진 동생 L, 나중에 작업실을 함께 쓰게 된, 영화토론
모임에서 사귄 동생 D, 도서관 독서 모임에서 만난 무명서점
서점원 J 언니 등.

이렇게 많은 사람들이 모이니 뭐라도 함께 해 보자는
분위기가 형성되었다. 모두 자영업자들이니 각자의 가게를
알릴 수 있는 매체가 있으면 좋겠다는 이야기가 나왔다. 몇
번의 회의 끝에 제주 서쪽 지도를 만들게 되었다. 그때만
해도 제주 서쪽은 동쪽에 비해서 많이 알려지지 않았었다.
조용하고 여유로운 느낌은 좋았지만 자영업자의 입장에서는
손님이 많이 유입되는 것이 중요하니까 영업장을 홍보하는
수단이 있으면 좋겠다고 생각했다. 여전히 지도는
여행자에게 지리적 정보를 제공하는 매체이니 수요가
있으리라 판단했다.

그때 만든 지도의 이름이 '제주와서'다. 내가 지은

제목이다. 나는 정말 제목 못 짓기로 둘째가라면 서러운 사람인데, 가뭄에 콩 나듯, 우연한 계기로 절묘한 게 생각나기도 한다. 이 지도 이름을 정할 때가 그랬다. 제주와서라는 이름이 입에 착 붙고 좋았다. '제주'와 '제주의 서쪽'이라는 의미도 담을 수 있고, 제주 방언으로 '와서'는 '왔어?'라는 뜻이 있어 여러 의미를 담을 수가 있었다. 그렇게 만들게 된 지도 제목이 현재 내가 운영하는 숙소의 이름이 되었다. 하나가 터지면 곰국처럼 우려먹는 용사의 집요함…….

　　좋은 제목을 건진 것도 이득이었지만 지도를 만들면서 협업의 즐거움을 알게 된 것은 정말 큰 소득이었다. 아무도 시키지 않았지만 스스로 하고자 하는 일을 만들어 나간다는 것. 그 과정을 공유하고 함께 진행하는 사람들이 이웃에 있다는 것. 생계를 유지하고 생활을 영위하면서 지역 사회를 살아가는 즐거움을 스스로 찾는다는 것은 정말 특별한 경험이었다. 아주 자연스럽게 연대에 대해 공부할 수 있는 계기가 되었다. 그때의 경험이 바탕이 되어 현재 용사의 여러 가지 롤 중 하나를 만들었다. 용사의 롤 중 하나는 문화 기획자. 매년 이웃의 예술가들과 팀을 꾸려 여러가지 사업을 진행하고 있다.

자영업을 시작하면서 다양한 종류의 어려움을 겪었다. 어쩌면 당연한 결과였다. 무작정 제주도에 이주하고 무작정 자영업을 시작했기 때문에 겪어야만 했던 필연적인 굴곡이었다. 형광등도 한 번 갈아 본 적 없던 내가 리모델링 공사를 하면서 무수한 좌절을 경험했고 살아온 인생만큼 각기 다른 경험치를 가진 사람들과 함께 크고 작은 이벤트를 벌이며 이웃의 의미가 확장되는 경험을 했다.

　　이 과정 속에서 가장 크게 깨달은 건 세상에 쓸데없는 일은 하나도 없다는 거다. 이제 나는 어떤 공간을 볼 때 인테리어뿐만 아니라 건물 자체의 마감이라든지 수도, 전기의 배치 등을 포함한 공간의 완성도를 (조금은) 볼 수 있게 되었다.

　　또 어떤 프로젝트를 기획할 때 프로젝트의 성격에 따라 참여하는 인원의 적절한 수를 떠올릴 수 있게 되었고 행정적인 부분과 구성원들 역할 분담에 대해 (조금은) 파악할 수 있다. 그동안 겪었던 수많은 실패가 아니었다면 갖지 못했을 능력이다.

　　박막례 크리에이터의 유명한 말처럼 "실패는 했다는 증거"다. 이제는 어떤 일을 하다 실패하게 되더라도 그전만큼 좌절하고 자책하는 기간이 길지 않다. 자책하고 후회에 빠져 있을 시간에 그 실패를 기록해 두는 방법을 택한다. 기록하는 동안 이불킥도 하고 몇 번씩이나 얼굴이 빨개질 때도 있지만 나중에 분명 그것이 내가 가진 능력으로 돌아올 거다. 게다가 나는 글 쓰는 사람이니까. 실패했을 당시의 수치심, 당혹감이 점점 옅어지면 모두 다 글의 소재가 된다. 어떤 실패든지 일단 와라, 내 전부 적어 줄라니까는!

실족
—신창리에서

동백 대가리가 툭툭
떨어진다

착한 개가
그것을 물고 달려온다

어리석은 나는
그 광경이 무서워
바라볼 수 없다

손을 놓친 아이처럼

모든 바람을 향해
울부짖는다

경쾌하게 네 개의 발을 옮기는
천진함과 확신이

이렇게 두려운 것은

모든 길을 나 홀로 잃었기 때문

안부를 묻던 사람이 있었다

하나의 불로
곱은 어깨를 녹이던

고개를 들어도
여기는 온통
어둠

까만 밤 속에서
형형히 빛나는

개의 날숨

모자란 나의 두 발이
춥다
너무 차갑다

제주에 이주해 처음 2년간 살았던 신창리는 나에게 많은 영감을 준 곳이다. 그동안 살던 도시와 완전히 다른 환경, 다른 사람들을 만나면서 새로운 감각이 열리고 새로운 시선이 확보되었다. 시를 쓰다 보면 알게 되는 것 하나. 시간이 하지 못하는 걸 공간이 하기도 하고, 공간이 하지 못하는 걸 시간이 해내기도 한다. 《릿터》6호에 수록.

내가 시를 쓰는 방법

나는 모든 역경을 이겨 내고 지상과 하늘의 보석을 손에 넣을 용사다. 반드시 그렇게 될 것이다. 그러나…… 짐짓 호탕하고 쿨한 용사를 표방하지만 실은 기질이 예민하여 작은 상처에도 흉터가 깊게 남는다. 그러면서도 타협보다는 전투를, 순응보다는 깨부숨을 택한다. 나는 유리처럼 잘 깨지는 마음을 지닌 용사다. 그럴 듯하게 포장했지만 결국, 모순적인 인간이라는 말이다.

모순적인 인간이라는 게 과연 나쁜 걸까? 처음과 끝이, 앞과 뒤가, 한결같은 사람도 있다. 얼굴이 하나인 사람들. 내면이 워낙 단단하여 그런 것일 수도 있고 어쩌면 자신을 둘러싼 모든 일을 어렵지 않게, 단순하게 만든다는 의미일지도 모른다. 달리 말하면 모든 일을 너무 납작하게 만들어 버릴 가능성도 있다는 것이다. 세상 어떤 것도 완벽한 장점이 되지 못하고 완벽한 단점이 되지 않는다. 하나를 잃었다면 얻는 것도 있을 테니까.

나는 모순적이다. 씩씩한 성격과 예민한 기질이 내 안에서 늘 충돌한다. 이런 충돌 가운데 발견한 나의 재능 중 하나. 나는 기억력이 좋다. 특히 그것이 부정적인 것이라면 더더욱. 기질이 예민하기 때문에 상처를 잘 받고 그걸 다 기억해 두고 또 씩씩하게 카테고리 별로 분류한다. 그리고 작품 소재로 써먹는다. 진짜 지독하지…….

이렇게 지독하기 짝이 없는 용사지만 상처를 마주하는 일은 매번 적응이 안 된다. 상처를 분류하는 작업을 할 때는 매번 절절, 엉엉, 운다. 그러면서 "눈물 닦으면 다 에피소드(팟캐스트 '영혼의 노숙자' 진행자 셀럽 맷의 말)랬어. 눈물 못 닦고 쓰면 명작 나오는 거고."라며 되뇌인다. 어마어마하게 감성적이고 한편으로는 무척 이성적인 것이다. 기복이 너무 심해서 불안할 때가 많지만 이런 나를 내가 좋아하니까 괜찮다.

내가 나를 인정하면 내면에서 일어나는 충돌도 일종의 처리 도구로 쓸 수 있다. 내가 지금 겪는 부당함, 분노, 슬픔, 혐오를 활용할 수 있게 된다. 지금 이 순간의 경이로움, 감동,

충격을 표현할 수 있게 된다. 나 스스로가 이런 사람이라는 걸 인정하게 된 데는 시의 역할이 컸다. 시를 쓰게 되면서 나만의 언어를 가지게 되었다. 시는 정말 큰 무기가 되어 주었다. 이 혼란스러운 세상에서 나를 지킬 수 있는 연약하지만 예리한 나의 검.

물론 깊은 슬픔이나 분노를 느낄 당시에는 감정이 너무 격해서 작품이 되기에 어려운 언어들도 많다. 그럴 때는 일단 좀 쉰다. 휘몰아치는 감정 속에 스스로를 던지고 아무것도 쓰지 않는다. 그럴 때 쓰는 글에서는 오히려 나 스스로를 해치는 것들이 튀어나올 때도 있으니까. 시를 너무 사랑하지만 그 사랑이 나를 해치게 해서는 안 된다. 오래도록 사랑하려면 거리두기가 필요할 때도 있는 것이다.

그렇다고 또 너무 휴식에만 집중하면 금방 감을 잃는다. 공들였던 마감을 끝내고 나면 스스로에게 주는 휴가라고 생각하면서 며칠 동안 넷플릭스나 유튜브를 보면서 쉬기도 하는데 어째서 휴식시간은 ABC 초콜릿을 까먹는 것처럼 금세 사라지는지. 아무 생각 없이 먹다 보면 나도 모르게 한 봉지를 거의 다 먹어 버렸……

세상은 넓고 뛰어난 영상 콘텐츠는 또 얼마나 많은지. 이게 다 영감을 얻기 위한 거야, 이게 다 자료

수집이라고……. 내적으로 외치면서 하루가 가고 일주일이
가 버린다. 규칙적으로 열심히 운동을 하다가 그 패턴을
잃으면 애써 만들어 놓은 근육이 금세 사라져 버리는 것처럼.
글을 쓰는 것도 루틴과 훈련으로 만들어진 근육이 필요하다.

　나는 이걸 시 근육, 이른바 '작문근(作文筋)'이라고 부른다.
작문근이 늘 일정한 수준으로 유지되도록 만드는 건 무척
어렵다. 하지만 그렇다고 게을리 해서는 절대 안 된다. 나는
오랫동안 작가로서 시인으로서 살 거니까. 이렇게 정신이
퍼뜩 들면 다시 이런저런 책을 찾아 읽고 마감이 없더라도
작업실로 출근해서 죽이 되든 밥이 되든 뭐든 쓴다.

　작품을 쓸 때 낮과, 밤과 고르라면 나는 단연코 밤.
보고서나 기획서 등 사무적인 용도의 작문이라면 낮에도
가능하지만 작품을 쓰는 건 오로지 밤에만 가능하다. 돌봄
노동에 노출되기 전에는 낮에도 곧잘 작업을 할 수 있었는데
아이를 낳고부터는 낮에는 창작 활동을 할 수가 없다. 어쩔
수 없이 낮에 써야 하는 상황이라 억지로 한다고 해도
결과물이 좋지 못했다.

　주위 사람들은 나를 두고 글도 쓰고 아이도 키우고
숙소도 관리하고 강의며 기획자 역할까지 한다고 멀티
플레이어라고 불러 주는데 사실은 전혀 그렇지 않다. 멀티

플레이어가 아니라 일종의 스위치에 가깝다. 너무 많은 일이 한꺼번에 몰리면 자신을 놔 버리는 편이라 일에 치여 죽지 않으려면 결국 온오프를 잘하는 수밖에 없다. 하나의 롤을 켜면 나머지는 다 꺼진다. 그때그때의 역할에 모든 에너지를 쏟아부으니 집중력이 높다. 하지만 치명적인 단점도 있다. 엄마 모드에서는 절대로 글을 쓸 수 없으며 육아를 방해하는 다양한 요인에 대해 날카롭게 반응하게 된다. 그러다 시인 모드가 켜지면 돌봄 노동에 눈길조차 주지 않는다. 융통성이라고는 찾아보기 어려운 스위치 녀석……

꼭 써야 한다고 생각되는 구절이 떠오르는 경우가 아니면 메모는 거의 하지 않는다. 안 한다기보다는 못 한다는 게 맞겠다. 글을 쓰는 게 직업이다 보니 가벼운 마음으로 한다 하더라도 아무 말이나 막 쓰지를 못하겠다. 나 혼자 보는 메모라 할지라도 비문인지 아닌지, 너무 상투적이진 않은지 생각하게 된다. 좀 이상한 강박인가. 핸드폰 메모장을 켜서 단상을 적는 일에도 자기검열을 하다니.

그렇게 검열하고 문장을 다듬다 보면 처음에 느꼈던 섬광 같은 아이디어가 어디론가 사라져 버린다. 그래서 요즘은 음성녹음을 활용한다. 뇌에서 떠오른 생각을 아무 필터 없이 밖으로 꺼내는 데는 글보다 말이 편하니까. 휴대폰에 음성

녹음 기능을 켜고 친구한테 말하듯이 이런저런 아이디어나
떠오른 구절을 녹음해 둔다. 다만 녹취본을 글로 옮길 때
내 목소리가 너무 생경해서(매번 들어도 이상한 내 목소리!)
손발이 오그라든다는 단점이 있지만. 두서없이 녹음해 둔
것을 글로 옮겨 보자면 이런 식이다.

　"로드킬당한 사체가 있었다. 두 마리. 한 마리는 고양이
같았고, 한 마리는 다람쥐나 오소리 같은 종류의. 로드킬당한
사체를 보면 신고를 한다. 면사무소에 신고하면 그들을 치워
가는 담당이 있다. 그래서 그날도 신고를 했다. 두 마리나
있다고. 마침 면사무소에 갈 일이 있어서 담당자를 대면하여
신고했다. 그러나 며칠이 지나도 그 사체가 치워지지 않았다.
두 마리 전부. 어디선가 까마귀들이 와서 로드킬당한 사체
중 좀 더 큰 녀석을 먹어치우기 시작했다. 작은 녀석도
곧 그렇게 될 것이다. 될 것이었다. 까마귀들은 지나다니,
속도를 내어 지나다니는 차들을 피해서 고양이로 보이는
로드킬 사체를 조금씩 조금씩 먹어치웠다. 다람쥐로 보였던
그 사체는 아직 모습이 온전했다. 신고한 지 며칠이 더 지난
날이었다. 사체들은 치워지지 않았다. 사체들은 꼬리 부분만
남은 채로 형태가 없어져 버렸고. 분명히 신고를 했지만
담당자들은 오지 않았다. 그리고 며칠이 더 지난 어느 날

나는 그 사체들을 거의 발견하지 못했다. 그러나 그 사체들은 아직도 그 길에 있었다. 익숙해진다는 건 그런 것이다. 시체를 보고도 인간은 끊임없이 익숙해지고 익숙해진다는 것이 그렇게 끔찍한 것이라는 것에도 익숙해진다. 나는 자동차에서 음악을 틀어 놓고 흥얼거리며 도로를 달렸다. 물론 그 사체들은 아직도 그 자리에 있었다. 하지만 나는 그 사체들이 거의 기억나지 않았다. 우리는 왜 이토록 잔인함에 익숙해지는 걸까. 우리는 왜 이토록 게으름에 익숙해지는 걸까. 우리는 왜……."

시는 주로 장면에서부터 출발한다. 인상 깊었던 정황, 충격받았던 장면을 그림을 그리듯이 사진을 찍듯이 써 내려고 한다. 마주하기 어려운 순간이라도 최대한 이성의 끈을 놓지 않으려 노력에 노력을 거듭하여 장면을 완성한다. 그 후에는 그 작품에서 주로 말하고자 하는 것이 무엇인지 생각한다. 지금 이 시에서 벌어지는 상황인지 화자의 목소리인지 아니면 상황이나 대상이 아닌 그 모든 것의 이면에서 느껴지는 감정, 감각을 나타내고 싶은지. 그렇게 강조하고 싶은 부분을 확대하고 변형한다. 이때는 상상력을 발휘해서 마치 만화처럼, 사진에 포토샵으로 여러 가지 효과를 넣은 것처럼 만든다.

어떤 말이 꼭 하고 싶어서 쓰기 시작한, 그러니까 아주 작정하고 쓰기 시작한 작품이라면 위에서 말한 효과를 만드는 과정이 직관적으로, 금세 이뤄진다. 모든 작품이 그렇게 써진다면 참 좋겠지만 스스로 무얼 말하고자 하는지 분명치 않은 채로 시작하면 중간에 길을 잃기도 한다. 언어를 쓰면서 발현된 무의식에서 원래 하고자 했던 말이 아니라 색다른 존재가 튀어나올 때도 있기 때문이다. 파랑새 꽁무니 쫓아가듯 그걸 따라가 버리면 뭘 말하려고 했는지 나조차도 모르게 될 때가 있다. 시가 재밌는 건 그렇게 모르는 상태로 쓴 게 멋진 결과물로 나오기도 한다는 거다.

보통 그런 경우는 내가 그리고자 하는 대상이나 정황은 명확했지만 그 안에 담길 주제에 대해 내가 정말 모르기 때문에, 그것에 대해 생각해 보고 싶어서, 그것에 대해 다른 사람들도 의식하고, 한 번쯤 생각해 봤으면 좋겠다고 느낄 때, 그러니까 그 모름 자체가 주제가 되는 작품이다.

시를 쓰다가 막히는 때도 있다. 산문은 추후에 수정할 수 있는 기회가 있으니까 초조함이 덜한데 시 쓰다가 막막해질 때는 급체한 것처럼 마음이 갑갑하다. 그럴 때는 노트북 앞에 앉아 있는 것만으로 힘이 든다. 잠깐 쉬거나 그 자리를 떠나면 되는데 미련을 버리지 못해 애먼 노트북만 쏘아보고 있기 일쑤다. 여유를 찾기 힘들면 강제로라도 쉬어야 한다.
오랫동안 시인으로 살 거고 계속해서 쓸 거니까. 쓰는
과정에서 지쳐 버리면 안 된다. 정신 차려, 강지혜. 이 각박한
세상 속에서……. 독려 같지 않은 독려를 해 가며 쉰다.
쉬어야 다음 스텝을 걸을 수 있으니까.

　　시 한 편 쓰는 것에도 우여곡절이 많다. 그래서 재미있다.
시를 쓰는 과정 자체가 나의 내면을 알 수 있게 해 준다. 그
시기의 나를 알 수 있는 척도가 된다. 현재 내가 집중하는
주제는 무엇이고 이 주제에 대해서는 얼마나 알고 있는지
그 주제를 밀고 나갈 힘은 있는지, 없다면 쉬면서 충전하고
더 공부해. 아니라면 끝까지 가 보자, 기꺼운 마음으로.
이런 과정을 통해서 스스로와 대화를 할 수 있게 된다. 시가
아니라면 언제 또 이런 경험을 해 볼까. 시에게는 늘 빚이
많다. 언젠가 꼭 갚을 수 있다면 좋겠다.

내부에서 터지는 폭탄

제주로 이주하면서 가장 뼈아픈 패착을 하나만 꼽아
보자면 가족 경영에 대해 아무 생각이 없었다는 것이었다.
아내와 남편, 누나와 동생, 매형과 처남으로 이루어진 우리는
서로에 대한 그 어떤 이해도 없는 채로 제주도에 스스로를
내던졌다. 가족 경영의 핵심인 혈연과 애정, 나는 이것이
우리를 끈끈하게 만들어 줄 접착제가 되기를 바랐다. 혈연과
애정은 관계를 이어 주는 강한 접착제임과 동시에 우리의
발목을 죄여 오는 구속이기도 했다.

고된 육체노동이 계속되었던 6개월 동안에는 몸이
피곤하다는 핑계로 관계에 생기는 균열을 얼마든지 모른
척할 수 있었다. 그러나 가게를 오픈하고 실전으로 뛰어든
순간 우리는 아내로서, 누나로서, 남편으로서, 동생으로서의

모습이 아닌 인간 강지혜로서의, 남상현으로서의,
강경구로서의 민낯을 드러내게 되었다. 여기에서 발생한
가장 큰 문제는 우리는 서로에게 가족으로서의 모습을
강요했다는 것이다.

남편과 동생은 내가 함께 살아가고 일하는 '인간'
강지혜가 아닌 '누나'로서의 강지혜, '아내'로서의 강지혜로
행동하고 처신하길 원했다. 그건 나도 마찬가지였다.
오너인 남상현이 나에게 업무를 지시하면서 하는 말의
의중을 분명히 알고 있음에도 불구하고 남편 남상현이
나에게 퉁명스럽게 말하는 것 같아 금세 서운해지곤 했다.
동생에게도 마찬가지였다. 업무 분담이나 임금에 대해
이야기할 때 가족으로서 말해야 하는 것과 동료로서 말해야
하는 것이 헷갈렸다. 우리 모두 '가족이니까 이 정도는
이해해 줄 거야.' 하는 마음으로 일했다. 당연히 서로에게
불만이 생기기 시작했다.

고된 서울살이(로 대표되는 모든 도시 생활)를 때려치우는
과정에는 응당 이런 장면이 포함되어 있다. 가슴에만
품어 왔던 사직서를 내던지고 "잘 있어라, 이 지긋지긋한
출퇴근아! 통장을 스치기만 했던 쥐꼬리만 한 월급아!
가슴을 턱 막히게 하는 교통 체증아! 사계절 내내 마주하는

역겨운 미세먼지야!"라고 소리치는 모습. 그리고 제주의
한적한 곳에서 본인의 이름을 건 작은 가게를 여는 것.
빽빽한 건물 숲을 종종거리며 옮겨 다니던 모습이 아니라
낮은 제주 돌담 앞에 직접 만든 입간판을 세우고 날이
좋으면 좋은 대로 궂으면 궂은 대로 하루하루를 여유롭게
즐기는 나날. 이러한 모습을 꿈꾸며 많은 외지인들이 제주로
모여들었다. 외지인들의 창업 말고도 제주는 특히 자영업의
비중이 높은 지역이다. 관광지라는 특수성도 있지만 워낙
일자리가 부족한 탓이기도 하다고.

　　문제는 이 자영업의 종류가 요식업 또는 숙박업에
집중되어 있다는 것. 여기에 장사가 잘되는 집은 계속해서
장사가 잘되고 안되는 집은 경영난에 시달리다 결국 폐업을
하고 마는 이른바 '될놈될' 현상이 제주에서도 어김없이
일어난다는 것이다. 극소수의 유명한 가게는 제주도
자영업자들의 보릿고개로 불린다는 기나긴 겨울에도
손님으로 기다란 줄을 세우지만 나머지 대다수 가게들은
관광객이 빠져나간 겨울 동안 말 그대로 힘겨운 보릿고개를
넘어가야 한다.

　　상황이 이런데 우리라고 별다른 수가 있었을까. 우리가
심혈을 기울여 만들어 낸 제비상회가 문을 연 것은 2016년
11월. 소위 말하는 '오픈빨'이 끝나자 우리를 기다리고 있던

것은 길고 긴 보릿고개였다.

　제주 이주를 결심한 최초의 순간, 강추진만의 머릿속에는
이런 계획이 있었다. 제주에 내려가 게스트하우스와 식당,
작업실을 함께 만들 수 있는 제주 촌집을 얻은 후 식당은
남편과 동생에게 맡기고 나는 작업실에서 글 쓰는 일을
계속하면서 소소하게 게스트하우스를 운영하는 것.

　공사 기간 동안 발생한 여러 가지 문제들로 인해
게스트하우스와 작업실은 온데간데없이 사라졌고 살림집과
식당만이 남았다. 그래도 괜찮았다. 모든 계획에는 플랜 B가
있으니까. 매우 급조된 플랜 B였지만 식당 운영은 남편과
동생이 맡고 나는 제주로 이주하기 전에 종사했던 문화 관련
회사에 취업하면 된다. 이거면 얼추 머릿속에 그려 왔던
생활을 만들어 갈 수 있으리라, 간단히 생각했다.

　신생업체가 살아남으려면 홍보가 가장 중요하다는 것은
자명하다. 홍보의 방법에는 크게 두 가지가 있는데 자본을
투자하여 여러 매체를 통해 점주가 직접 가게를 알리는
방법, 또는 가게를 찾아 준 손님이 그곳에 대한 장단점을
특정 이미지와 함께 본인의 SNS에 올리면서 점차 입소문이
나는 방법이다. 전자의 경우 초기에는 그 효과를 크게 볼 수
있지만 거품이 빠질 수 있고 후자의 경우 홍보가 되는 데까지

오랜 시간이 걸리지만 실제 방문객들의 후기를 통해 탄탄한 지지층이 생기므로 한번 생긴 인기가 오래 유지된다. 요즘은 전자의 방법을 통해 후자의 경우를 만들어 가는 등 많은 방법이 혼재되어 있기도 하다.

제비상회의 경우, 홍보에 투자할 자본이 부족했으므로 입소문을 만들어 가는 방법을 선택했다. 이는 곧 오랜 시간 공을 들여야 한다는 것, 그러려면 꽤 긴 시간 가게를 유지하며 버텨야 했다. 그러니 자연히 우리는 세 명이 작은 가게에 앉아 손님을 기다리게 된 것이다. 이른바 '존버'의 시간이 찾아왔다.

오픈빨이 끝나고 버티기에 돌입했던 시기, 우리의 갈등은 극에 달했다. 몸이 바쁘면 아무 생각이라도 없을 텐데, 시간적 여유가 생기니 쓸데없는 생각이 꼬리에 꼬리를 물었다.

남이 아니기 때문에, 혈연과 애정으로 이어져 있기 때문에 더 각별히 조심해야 한다는 것을 머리로는 알고 있으면서 자꾸 동생과 남편에게 서운한 마음이 들었다. 게다가 나는 남편과 동생을 모두 불러 제주에 앉힌 장본인. 일을 그르칠 때마다 모든 원망이 나에게 몰리는 것 같아 더욱 불편한 마음이 되었고 억울하다는 생각까지 들었다. 제안은 내가 했지만, 선택은 본인들이 해 놓고서 지금 내 탓하는 건가? 가족끼리

이래도 돼? 하는 생각이 끊임없이 내 발목을 잡았다.

　더불어 나는 남편과 동생 사이에서 균형을 잡지 못했다. 오너와 동료 사이에서도 마찬가지였다. 더 늦기 전에 인정해야 했다. 우리는 가족 경영에 처절하게 실패했다. 새 나라에 모두를 불러모으는 데까지만 성공한 용사의 최후. 그 다음은 어떻게 해야 하나. 용사에게도 가족 경영은 무리였던 것이다.

섬에서 쓴 시

떠내려 온 하얀 나, 하얀 이름으로 채워져 바다를 따라 삼천 킬로를, 삼천 시간을 흘러온 하얀 나, 검은 모래 해변에 당도하여 목이 터져라 울어 버린 하얀 나, 너무 많은 하양, 빛을 안지 못하는 나, 튕겨 내는 하얀 나, 근육이 없는 하얀 나, 부서지는 하얀 나, 너무 많은 나, 너무 많은 나, 너무 많은 하양, 하얗고 무수한 나

검정은 흐르고 있다 모든 빛을 껴안으며 검정은 움직이고 있다 모든 고통을 마시며 검정은 춤추고 있다 모든 거짓을 씹으며 검정은 꿈꾸고 있다 모든 시간을 연주하며 검정은 노래하고 있다 모든 배신을 보듬으며 검정은 그 자리에 검정으로 검정은 그 자리에 모든 검정으로 검정은 영원히 그 자리에서 모든 것

발 꽂는 자들을 용서하며

검은 모래 위로 파도가
하얀 내 위로 파도가
전설 위로 파도가
어제 태어난 분노 위로 파도가

검은 모래가 하얀 나를 부른다 아이야, 여기는 검은 땅이야,
깊은 사랑이야, 돌아오지 않는 마음이야 하얀 나는 답한다 아
이야, 나는 더러운 마음이야 얕고 넓은 함정이야, 끝나지 않는
고통이야 검은 모래는 하얀 나를 안으며 속삭인다 아이야, 여
기는 검은 꿈이야, 숨이야, 비야, 바람이야 하얀 나는 뿌리치
며 소리친다 아이야, 여기는 슬픈 땅이야, 오만이야, 배척이
야, 울부짖음이야 검은 모래는 평온한 얼굴로 하얀 나를 다시
껴안고, 작은 게들이 우리의 몸 위로 지나간다 아무 일도 없었
다는 듯

— 제주에서 쓴 시, 「검은 모래전」

첫 시집에 적혀 있는 내 프로필은 간단하다. 1987년
서울에서 태어나 2013년 등단. 서울에서 태어났다는 건 뭘까.
서울 사람이라는 건 뭘까. 첫 시집에는 내가 서울에서 나고

자랐기 때문에 필연적으로 도시의 모습이 많이 등장한다. 도시의 건물, 도시의 식생, 도시의 정서, 도시의 사람들. 그 모든 것이 지난 30년간 나를 이뤄 온 바탕이다.

지금의 나는 도시에서의 나라는 한 페이지를 덮은 뒤의 나. 제주에서, 그중에서도 가장 인구수가 적은 지역에 살고 있는 나. 내 시가 변한 건 어쩌면 당연한 일이다. 제주에서 쓰는 시에는 필연적으로 기후, 식물, 동물과 같은 자연이 등장하게 되었다. 개념이 아니라 실제의 자연으로. 내가 보고 느낀 자연이.

처음 시를 쓰기 시작했을 20대 때만 해도 자연에 대한 시를 쓰는 것이 어렵게 느껴졌다. 그건 내 영역이 아니라는 생각이 들었다. 나에 대한 이야기만 써도 쓸 게 무궁무진했다. 나의 유년, 나의 연애, 나의 상처와 고통……

자연에 대한 이야기를 하는 건 마치 앨범 가득 꽃 사진을 찍어 둔 엄마의 휴대폰을 엿보는 것 같았다. 그도 그럴 것이 젊음 자체가 하나의 완벽한 자연이었으니까. 굳이 아름다운 순간을 기록하지 않아도 매순간 나는 빛이 나고 있었으니까.

엄마가 꽃을 잔뜩 찍어 둔 건 꽃이 가진 순간의 아름다움을 사진으로라도 남기고 싶은 마음, 엄마의 인생에서 어떤 한순간 빛났던 젊음을 오래 간직하고 싶은 마음이지 않을까. 그렇게 자연에 대한 서술이 '올드하다'고 느끼던 내가 제주에서, 특히 시골에서 살면서 정말 많이 변했다.

자연은 낡고 구태의연한 것이 아니다. 자연은 역동적이고 강렬하다. 거대하고 유연하다. 인간에게 엄청난 영향력을 발휘하는 늘 새롭고 힙한 존재다. 자연은 감상하는 게 아니라 감각하는 것. 여행객의 시선에서 본다면 제주의 기후나 자연을 감상할 수 있을 것이다. 나도 그런 감정으로 제주에 이주했고.

그러나 이곳에서 산다는 건 제주의 기후, 식생, 자연과 때로는 맞서 싸우기도 하고 때로는 타협도 하면서 함께 더불어 살아가야 한다는 의미에 더 가깝다. 그래서인지 아주 자연스럽게 내 시에도 제주의 풍경과 거기에 동반되는 감각이 많이 표현되고 있다.

얼마 전부터 고산리의 비경인 검은모래해변에서 바다 쓰레기를 수거하는 활동을 하고 있다. 검은모래해변은 말 그대로 흔히 볼 수 있는 백사장이 아니라 현무암이 부서져 모래알을 이룬 해변이기 때문에 해변의 색이 까맣다. 그래서 색색의 쓰레기들이 더욱 눈에 잘 띄기도 한다.

그 해변에 서면 기분이 묘하다. 긍정적인 것은 밝은 색, 하얀 색으로 대표되고 부정적이고 어두운 것을 주로 검정색에 대입해서 생각해 왔던 관습적인 생각, 어떤 관점에서 보면 폭력적이기까지 한 생각이 완벽히 전복되는 공간이기 때문이다.

검은 모래 해변은 인간의 이기가 가득한 각양각색의 쓰레기들을 말없이 품어 주고 있다. 스티로폼 쓰레기는 특히 골치가 아프다. 검은 모래를 손으로 퍼 올릴 때 모래알과 함께 스티로폼 알갱이가 딸려 온다. 버려진 뒤에 오랜 시간 동안 방치되어서 모래알만큼 입자가 작아졌기 때문에 수거가 어렵다. 거의 불가능한 것 같다. 스티로폼 쓰레기를 전부 골라내려면 그냥 검은 모래를 다 버리는 게 낫겠다고 느껴질 정도다.

내가 이런다고 조금이라도 나아질까? 정작 나 역시 일회용품을 자주 사용하면서 이런 활동을 하는 건 위선이 아닌가? 고민에 고민을 거듭하는 인간과 달리 검은 모래는 인간이 뿜어냈던 선명한 이기와 무지를 덤덤히 안아 줄 뿐이다.

검은 모래의 깊고 넓은 마음을 과연 내가, 우리가, 한 순간이라도 이해할 수 있을까. 잘 모르겠다. 분명한 건 내가 이 같은 자연의 모습을 감각하고 살게 되었다는 것이다. 안

본 사람은 있어도 한 번만 본 사람은 없다는 말처럼 알게
되면 알지 못하던 때로 돌아갈 수 없다.

요정이 떠난 집에 남은 슬픈 사람들

끝나지 않을 것만 같던 2016년 여름이 끝나고 제주에서
맞는 첫 번째 가을이 찾아왔다. 나와 남편은 명절을 쉬러
육지에 가고 동생 혼자 제주에 남아 있던 때 사건이
벌어졌다. 한 차례 손님들을 치르고 난 뒤 방에서 쉬고
있는데 동생에게서 전화가 왔다. 신지가 어젯밤 나가
돌아오지 않았다는 것이다.

당시 신지는 겨우 5개월 된 강아지였다. 눈앞이
깜깜해진다는 말을 그때 실감했다. 그날 밤 제주에는 꽤
많은 양의 가을비가 내렸다. 나는 한숨도 자지 못했다. 모든
일정을 취소하고 바로 다음 날로 비행기 티켓 일정을 변경해
제주로 돌아왔다. 제주에 도착하자마자 유기동물보호센터와
포획팀에 연락을 해 두었다.

집에 돌아오니 동생이 참담한 표정으로 마당에 앉아 있었다. 우리는 최대한 신속하게 강아지를 찾는다는 전단지를 인쇄해서 동네 곳곳에 붙이고 각자 구역을 나눠 신지를 찾으러 다녔다. 남편과 새벽 늦은 시간까지 신지를 찾아 돌아다닐 때 울면서 말했다. 이렇게 사랑하게 될 줄 알고 이렇게 끔찍하게 아끼게 될 걸 알고 강아지를 키우지 말자고 했던 건데. 이제 나를 어쩌면 좋으냐고. 신지를 찾지 못하면 어떻게 하느냐고.

이틀이 흐르고 집 안 분위기는 걷잡을 수 없이 어두워졌다. 나는 음식을 삼키지 못했고 틈만 나면 눈물을 줄줄 흘렸으며 동생은 그런 내 모습을 보며 죄책감과 서운함에 시달리는 듯했다. 남편은 식구들 중 누군가 한 명이 터져 버리지는 않을까 전전긍긍하며 신지를 찾으러 돌아다녔다.

워낙 작은 시골 동네다 보니 강아지를 찾으며 돌아다니자 금세 소문이 났다. 어떤 할머니는 비슷한 개를 본 것 같다며 직접 찾아봐 주기도 했고 어떤 삼촌은 무슨 개새끼를 찾는다고 저렇게 울며 돌아다니냐며 비웃기도 했다. 동정도 비난도 다 괜찮았다. 신지가 내 곁으로 돌아와 준다면. 그래만 준다면. 혹시 새벽에 신지가 오지 않을까 마당이 보이는 거실에서 선잠을 잤다.

신지를 찾기 시작한 지 3일째 되던 새벽, 동생의 휴대폰이
울렸다. 이른 시각에 온 전화라 더 예사롭지 않게 들렸다.
윗동네에 사는 사람인데 본인 집에 비슷한 강아지가 있다는
제보 전화였다. 눈곱도 떼지 않은 채로 대충 옷을 꿰어
입고 알려 준 주소지로 갔다. 바로 그곳에 신지가 있었다.
커다란 눈망울과 주황색 목걸이, 그리고 왼쪽 엉덩이에 제
어미에게서 물려받은 몇 가닥 검은 털. 분명 신지였다.

　신지가 돌아오고 어두웠던 집에 다시 볕이 들었다.
식구들이 다시 웃기 시작한 것은 물론이거니와 나는 말해
뭐할까. 신지를 향한 마음이 걷잡을 수 없이 커져 갔다.
소중한 것은 잃어 보기 전까지 모른다고 했다. 건강할
때는 건강의 소중함을 모르고 시간이 있을 때는 시간을
감각하지 못하고 사는 것처럼. 그런데 나는 신지를 잃었다
찾았으니, 이렇게 소중하고 애틋한 존재가 또 있을까. 개는
사람보다 짧은 생을 살고 그중에서도 대형견은 평균적으로
소형견보다 짧은 생을 산다. 그렇게 생각하니 신지와 보내는
매일을 후회 없는 오늘로 보내기 위해 최선을 다하게 된다.

　이렇게 말하면 혹자는 비웃을지도 모른다. 강아지에게는
최선을 다하면서 주위 사람들에게는? 가족들에게는? 너나
잘하라며 코웃음 칠 수도 있다. 그래서 그렇게 살려고 노력

중이다. 사랑한다고 말하고 싶으면 사랑한다고 말하고,
고맙다고 느끼면 고맙다고, 미안한 마음이 들면 그때그때
바로 미안하다고 말하려고 한다. 하지만 다짐과는 달리 매번
언어의 장벽에 부딪힌다. 가장 큰 축복이자 저주인 언어
때문에 모든 문제가 생긴다. 내가 아무리 상대에게 호의를
가지고 말을 전달해도 그쪽에서 호의로 받아들이지 않고
적의에 찬 말로 받아치면 나는 또 상처받고 나자빠진다.
말 못하는 신지에게 내가 맹목적인 사랑을 줄 수 있는 건
역설적이게도 신지가 말을 하지 못해서다. 그래서인지
아무리 마음을 다잡아도 동물을 사랑하면 할수록 인간에
대한 체념이 커진다.

　동물은 사람을 속이지 않는다. 졸리면 졸리다, 배고프면
배고프다, 사랑하면 사랑한다 한다. 동물은 어두운 시간이
오면 제자리로 돌아가 조용히 잠을 잔다. 사람은 어두운 시간
동안 나약한 자신의 본모습을 감추려 거짓말을 꾸며 댄다.
거짓말을 꾸밀 시간에 낱말 퍼즐을 맞춘다면, 그 시간에 세계
수도를 외운다면 어떨까. 차라리 그 시간에 연필을 반듯하게
깎는다면.
　나는 신지가 곤히 잠든 모습을 보며 여러 사람들을
떠올린다. 내가 상처 주었던, 나에게 상처를 주었던 사람들.

하지만 이내 고개를 젓고 다시 신지를 쓰다듬는다. 결국
내가 할 수 있는 것은 오늘 내가 할 수 있는 만큼의 사랑.
꼭 그만큼을 하는 것. 그것만이 이 바람 찬 제주에서 나를
구원하고 있다.

어린 것들의 감각

낡은 나무 창문에 덩쿨 잎이 부딪힌다
산발적으로

가까운 곳에서 큰 개가 짖고
어린 것이 울고

더 어린 것을 지키는 어린 것

하지 마! 동생이 울잖아!

어린 것이 아름다운 노래를 부르고
더 어린 것이 작은 소리로 흐느낀다
미열과 함께

바람 속에
숨겨진 태풍을
느끼는 어린 것들의 감각

가녀린 손으로
살랑살랑
무참히도 예리한 판단으로

기어코 길을 걷는 어린 것, 어린 것들

말 못하는 노인들이
개를 끌고
포구에 모인다

이어지는 필담

숨죽인 소리가 두려워
저들이 가져올
날카로운 이빨

어린 것들이
단단한 곳에 뜨거운 물을 붓는다

더 단단한 곳으로
더 단단한 곳으로

2017 《연희》에 수록된 시. 내가 사는 제주 한경면에는 노인이 정말 많다.
살면서 이렇게 많은 노인들과 함께 살아 본 적이 없다. 노인들의 집은 무척
조용하다. 거기에 그들이 살고 있는지 아닌지 헷갈릴 정도로. 그러다 노인들의
집에 어린 아이들이 놀러오는 날이면 다른 집이 된 것 같다. 작은 소동이
불러오는 새로운 감각. 도시에서 나고 자란 나에게는 정말 생경한 것이었다.

15단계

떠나는 용사의 뒷모습

식당을 오픈한 지 4개월쯤 지났을 때 동생이 먼저
말을 꺼냈다. 제주도를 떠나겠노라고. 동생의 심정 역시
나만큼이나 참담했겠지. 동생은 큰 수익이 나지 않는
제비상회에서 계속 피고용인의 상태로 버틴다는 것에 대해
압박감을 느꼈던 것 같다.

나와 남편 역시 고정적으로 지출되는 인건비가 부담이
되었다. 생각해 보면, 동생은 내가 인건비에 대해 부담을
느끼고 있다는 걸 먼저 감지했던 것 같다. 게다가 나에게는
소중하고 애틋한 동생이지만 남편에게는 그저 아내의
동생이 아닌가. 입장을 바꿔 놓고 생각하면 내가 남편의
동생과 한 집에 살면 불편한 점이 한두 개가 아니리라
예상된다. 남편 역시 그랬을 것이다.

남편 역시 동생을 떠나보내는 마음이 개운할 리만은 없었다. 우리는 오랜 침묵 후 씁쓸한 이별을 맞이했다. 동생은 다시 서울로 돌아갔다. 나와 함께했던 제주에서의 1년이 그에게 어떤 기억으로 남아 있을지 나는 아직도 물어보지 못한다. 그에게도 나에게도 남편에게도 이 실패는 뼈아프게 새겨졌다.

　제주에서 서울은 비행기로 50분 남짓이지만 거리로 따지자면 무려 400킬로미터. 이 거리만큼이나 우리는 서로를 몰랐다. 차라리 우리가 각자를 하나의 개인으로 인정했었다면, 가족이라는 굴레를 벗어던졌다면, 계속 함께할 수 있었을까. 괴로웠다.

　동생을 챙기는 건 어린 시절부터 내가 늘 해 오던 일이었다. 용사의 롤 중에 하나였으니까. 착한 장녀로서 응당 해야 하는 일이었다. 그 일에 대해 나는 한 번도 의문을 품어 보지 않았다. 책임감의 무게는 컸다. 그러나 내가 왜? 나는 누군가를 책임질 만큼 완전한 사람인가? 내 앞가림도 제대로 하지 못하면서 장녀로서의 책임감에 집착하는 건 일종의 강박이 아니었을까. 그럼에도 우리는 가족이라서, 가족이니까, 서울과 제주에서 서로 안부를 전하고 있다.

　동생이 떠나자 나는 자연스레 제비상회에 붙박이가

되었다. 가게에서의 내 역할이 너무 커져 버렸다. 남편은 요리를, 나는 홀 서비스 전반을 담당하게 된 것이다.

전통 찻집, 베이커리, 경양식집, 호프집 등 다양한 곳에서 아르바이트를 해 본 경험은 있지만 직업으로 삼게 된 것은 이번이 처음이었다. 사실 따지고 보면 내가 지금껏 했던 모든 일이 일종의 서비스업이다. 강의를 하는 것도 글을 쓰는 것도 문화 콘텐츠를 기획하고 진행하는 것도 누군가에게 무언가를 제공하는 것이니까.

그런데 본격적으로 사람을 상대하는 일을 업으로 삼게 되다니. 생계를 위해 익숙하지 않은 일을 덜컥 떠맡게 되니 당혹감이 울컥 올라왔다. 말이 좋아 사장이지, 나는 식당을 운영하는 방법은 전혀 모르는 사람이었다. 이런 내 모습이 남편에게는 어떻게 비춰졌을까.

남편은 나와 전혀 상황이 달랐다. 제주도로 오기 전 3년 정도 서울 번화가의 술집에서 매니저로 근무하면서 경영 전반을 익혔다. 제주도에서 창업을 하기 위해 떠나겠다고 밝혔을 때 고용주가 그를 붙잡았고, 조금 더 함께 일하자고 할 정도로 그는 자기 분야에서 평판이 좋았다. 남편은 그 모든 것을 뿌리치고 제주도로 떠나왔다. 남편에게는 첫 창업을 통해 뭔가 이뤄야 한다는 의지가, 포부가 있었을 것이다.

쓰라린 봄이 다 가고 여름이 되자 제주도에 관광객 특수 시즌이 시작되었다. 드디어 제비상회에도 손님이 몰려들었다. 다른 많은 일이 그렇듯 식당 운영 역시 매일 같은 업무의 반복이다. 특히 요식업은 그 패턴이 더욱 정형화되어 있다. 아침에 일어나서 오늘 팔 분량의 재료를 준비하고 점심시간 동안 요리해서 판매한다. 오후에는 잠시 브레이크 타임을 가지면서 저녁에 팔 분량을 준비하거나 주변을 정리한다. 가게가 끝나면 주변을 정리하고 내일 팔 재료를 준비해 둔다. 제비상회는 한라산 모양으로 만든 밥 위에 수란이 올라가는 카레와 제주 돼지를 이용한 돼지고기 덮밥이 주 메뉴였다. 여러 개의 계란을 기계를 활용해 수란으로 만들고 돼지고기를 숙성시키고 부재료로 들어가는 채소와 조리 기구들을 정비한다. 그리고 나머지는 홍보를 포함한 손님 응대 및 돌발 상황에 대처하는 것이다.

모든 일이 그러하듯 시간이 지나고 익숙해지면 고유한 행동 양상, 그러니까 각자의 스타일이 생기기 마련이다. 손님을 응대하는 것도 그럴 거라고 생각했지만……. 제비상회에서의 나는 스타일이 생기기는커녕 늘 백지와 같은 상태였다. 도대체 일이 익숙해지지 않았다. 돌발 상황에 유연하게 대처하지 못했고, 그때마다 패닉에 빠졌다. 나는 지금껏 내가 외향적이고 사람 만나는 것을 좋아하는 줄 알고

있었는데 전혀 아니었다. 내가 좋아하는 분야의 사람들을
만나는 것과 불특정 다수를 만나는 건 완전히 다른 문제였다.
또한 나는 얼마나 연약한 마음의 소유자인가. 용사의
신분으로 고백하기엔 어려운 말이지만 내 마음은 깨지기
쉬운 유리나 다름없었다.

　　서비스를 제공해야 하는 사람이 유리멘탈이라니. 신체적
노동에 감정 노동까지 더해져 매일 극심한 스트레스에
시달렸다. 매일 아침 해는 떠오르고, 내밀한 자아성찰 따위.
우리에겐 시간이 없었다. 나는 곪아 갔고 그런 나를 보며
남편 역시 속이 새카맣게 타들어갔다. 손발은 맞지 않고 매일
삐걱거렸다. 하루가 멀다 하고 싸웠다. 처음에는 농담 삼아
했던 말인데 1일 3싸움을 하는 날도 있었다. 끼니도 두 끼
밖에 먹지 못하는데 매일 세 번의 싸움을 하다니. 각자 다른
꿈을 꾸는 시간 빼고 하루 24시간 내내 붙어 있는데 매일
싸우는 날이라니. 돌아버릴 것 같았다. 그해 여름은 지독히
더웠고 나와 남편은 하얗게 불탔다. 몸과 마음이 모두 재가
되어 버렸다. 우리는 둘 다 번아웃 상태가 되어 서로를, 아니
각자 스스로도 돌보지 못하게 되어 버렸다.

　　선선한 바람이 불어오자 번뜩 정신이 들었다. 우리가
제주도에 왜 왔더라. 정확히 기억나지 않지만 적어도 이렇게

살려고 온 건 아니었는데. 그래, 이렇게 살려고 제주도에
온 게 아니었다. 여유라는 걸 가져 보고 싶어서, 어지럽게
반복되는 일상을 타파하려고 여기까지 온 게 아니었나. 계속
이렇게 살 수는 없었다.

　내 비록 유리멘탈일지언정 사태 파악 하나만큼은 빠르다.
바로 지금이 재빨리 움직여야 할 때라는 것을 파악한 나는
남편에게 면담을 요청했다. 여름 내 우리는 서로를 적으로
생각하고 살았지만 잊으면 안 된다. 이 풍진 제주에 너와
나밖에 없다. 우리는 철저히 한편이다. 남편의 동공이
흔들렸다. 그 역시도 아차 싶었던 것 같다.

　서로를 향해 있던 미움의 출처가 불분명해졌다.
도대체 무엇 때문에 이렇게 싸운 거였지? 우리는 어느
순간 미움이라는 감정에 잠식당해 버렸다. 온몸이 감정의
웅덩이에 빠져 버린 것이다.

　다행히 인생은 일상보다 길다. 깊고 어두운 웅덩이에
빠졌다고 해도 좌절할 필요는 없다. 다시 기어 올라가면
된다. 한 발 한 발 천천히 올라가 깨끗한 공기를 들이마시면
된다. 강렬했던 여름의 끝자락, 극적인 화해를 이뤄 내자
선물 같은 가을이 도래했다. 다시 한번 맞이한 신비하고
아름다운 제주의 가을. 그러나 나도 남편도 당시엔 알지

못했다. 인생이 준비한 모든 상자에는 선물만 담겨 있는 게 아니라는 것을. 제주에서 맞이한 두 번째 가을은 작년보다 더욱 거센 바람을 품고 있었다.

날짜

동생의 방에는 손바닥만 한 달력이 있다

작은 사각형 네 개로
열두 달과 일곱 요일 삼백육십오 일을 표기하는

하나의 작은 사각형에 1, 2, 3, 4, 5, 0
또 다른 작은 사각형에 0, 1, 2, 6, 7, 8

누나는 가장 먼저 열두 달을 먹었다

다음으로는 일곱 요일을 먹었다

이윽고 날짜를 모두 입에 털어넣었다

동생이 가슴을 뜯으며 울부짖었으나

이국의 냄새가 방에 가득했다

깊은 기시감
짐승에게 먹힌
짐승의 잔해

동생의 방에서 동생이 사라졌다
누나는 필사적으로 달력을 토하려 했으나

바닥에 떨어지는 촛농, 촛농, 촛농

탐욕스러운 위장 속에서
목 놓아 우는
날짜와
날짜들

동생이 떠나고 난 방에서 발견한 달력. 동생은 나와 함께했던
제주에서의 시간을 어떻게 기억할까. 내가 더 나은 사람이었다면
우린 끝까지 함께할 수 있었을까. 자괴감에 빠져 있을 때 썼던 시.
《시와사람》 2017년 봄호에 발표했다.

16단계

후계자의 탄생

또 이사를 했다. 제비상회는 다른 사람에게 인계했다. 나와 남편은 붙박여 있던 제비상회에서 쑤욱 하고 뽑혀져 나왔다. 이런 갑작스런 전개라니. 독자 여러분, 이 변화의 이유를 짐작할 수 있으신지요. 운영해 오던 식당을 하루아침에 그만두게 만들 만큼 중대한 일.

그렇다. 아기, 2세, 임신이라는 거대한 문턱을 마주하게 된 것이다. 그게 벌써 2017년 가을의 일이다. 아니, 저기요, 잠깐만요. 임신은 용사에게 독이야, 득이야?

요란한 장마를 겪듯 가까스로 버텨 냈던 여름이 지나고 비밀스러운 바람을 숨긴 가을이 도래했다. 가을이 숨긴 비밀은 임신 테스트기 위에 선명한 두 줄로 정체를 드러냈다. 기쁨과 당혹스러움 둘 중 하나를 고르자면 당연히 당혹스러움.

　나는 지금껏 순간순간 감각에 충실하며 즉흥적으로, 나름대로 즐기는 인생을 살아왔다. 그렇기 때문에 임신과 출산, 육아만큼은 지금까지의 내 인생과 달리 철저한 계획에 의해 진행되었으면 하고 바랐다. 아이를 품고 낳고 기른다는 것은 그 어떤 일보다 철저한 준비, 치밀한 시나리오가 필요한 일일 테니까. 아무리 꼼꼼하게 준비해도 수없이 사전 연습을 한다고 해도 마음처럼 되지 않을 것이며 수천, 수만 가지 변수가 도처에 도사린 일일 테니까. 그런데 덜컥 임신이라니.

　배 속 아이의 존재를 깨달았을 때는 임신 5주차. 가을 하늘이 시퍼렇게 물들어 가는 11월이었다. 제주에서 보기 드물게 기분 좋을 정도의 바람이 불고 따뜻한 햇살, 적당한 습도가 매혹적인 가을. 임신을 했다는 사실 자체는 당황스러웠으나 제주의 아름다운 가을 때문이었을까. 가만있어 봐, 제주에서 아이를 낳아서 기른다는 건 이 멋진 자연을 내 아이에게 선물할 수 있는 거 아닌가? 제주에서의 육아라, 생각보다 매력적인 일 아닌가? 하는 마음이 들었다. 그 당시 나는 몰랐다. 이런 안이한 생각은 본격적인 임신 증상이 시작되기 전이기에 가능했다는 것을.

　그때까지만 해도 몸 상태는 임신 전과 거의 다를 것이

없었다. 나는 임신과 출산에 대해 수박 겉핥기식 정보를 습득한 상태였고 결코 해서는 안 되는 실수를 범하고 만다. 상대를 제대로 파악하지 못하고 얕본 것. 악수 중에서도 최악수를 둔 것이다.

임신 8주가 넘어가자 그야말로 호르몬 폭풍이 불어닥쳤다. 나는 입덧의 여러 가지 증상 중에서도 일명 '먹덧'이라는 것을 겪었다. 먹덧을 하면 두 시간에 한 번씩 짐승의 허기와도 같은 배고픔이 밀려온다. 바로 그때 입에 뭐라도 넣지 않으면 구토가 올라오는 입덧의 한 종류가 바로 먹덧이다. 심지어 자다가도 일어나 채 뜨지 못한 눈으로 비스킷이나 치즈, 두유 따위의 것들을 입에 털어 넣어야 했다. 더 기가 막힐 노릇은 그렇게 두 시간에 한 번씩 음식을 섭취하고 나면 도저히 이길 수 없는 졸음이 몰려온다는 것. 나는 가게에서도 집에서도 차에서도 사람들을 만나고 있다가도 꾸벅꾸벅 졸았다.

그뿐인가. 유선이 발달하면서 그에 따른 통증이 동반되었다. 정말 말도 못하게 아팠다. 옷을 입다가도 악! 신지와 장난을 치다가도 악! 하는 내 비명소리가 신창리 하늘에 매일매일 울려 퍼졌다. 피부에는 트러블이 잔뜩 생겼고 입술 주변에는 '임신 마스크'라고 불리는 착색 증상이 올라왔다. 임신 유경험자들에게 착색 증상에 대해

이야기하자 이제 곧 유두와 겨드랑이, 목, 사타구니 등
림프선이 분포된 모든 신체 부위에 검은 그림자가 드리울
것이라는 예언을 듣게 되었다.

임신을 아름답고 숭고한 일이라고 말한 인간은 도대체
누구일까. 모르긴 몰라도 임신을 경험하지 않은 사람임이
분명하다. 아름답고 숭고한 건 맞지만 호르몬에 대해
공부하라고 말해 줬어야지. 각오하고 임신하라고 말해
줬어야지. 임신이라는 건 호르몬에 나를 오롯이 저당
잡히는 일이다. 이 찬란한 문명을 만들어 냈다고 추앙받는
인간의 고매한 지성과 의지, 그 대단한 정신 따위의 것들이
호르몬이라는 거대한 자연 앞에 무참히 무너져 내리는 것,
그것이 임신이다. 나는 하루 종일 먹고 자고 먹고 자고를
반복하며 아무 행동도 아무 생각도 할 수 없는 존재가 되어
갔다. 극단적으로 말해 나는 '아기 집', 그 이상도 이하도
아닌 존재가 되어 버렸다.

그즈음 식당은 운영 시간을 저녁부터 늦은 밤까지로
변경했다. 점차 날이 추워지면서 비수기에 접어들어
유입되는 손님이 줄었기 때문이다. 돌이켜보면 그것이
오히려 또 다른 악수였다. 제비상회가 식당이 아니라 술집
형태가 되자 관광객보다는 현지인들이 드나들게 되었는데

여기서 오는 크고 작은 마찰이 호르몬 폭풍우에 흠뻑 젖은 나를 괴롭혔다. 정확히 말하면 내가 그 마찰을 견딜 수 없는 사람이었다는 게 문제였을까.

이미 술집을 운영해 본 경험이 있는 남편과 달리 나는 술에 취한 손님을 상대하는 것에 극강의 어려움을 느꼈다. 용사의 평정을 건드리는 무뢰배들은 어디서인가 매일 나타났다. 취객의 희롱이나 행패를 어디까지 참고 견뎌야 하는지 알 수 없었고 밀려오는 허기와 졸음이 언제 끝나는지 알지 못했다. 몸과 마음의 상태가 이렇다 보니 글이 써질 리 만무했다. 책 한 권 아니, 단 몇 페이지도 읽을 수 없는 사람이 되었다. 시를 쓰고 싶어서, 에세이를 마감해야 해서, 컴퓨터 앞에 앉았다가도 한 자도 쓰지 못한 채 멍하니 있다 쏟아지는 졸음에 굴복하는 일이 다반사였다. 돌이켜보면 그것이 우울감의 시작이었던 것 같다. 아름답고 신비로운 제주의 가을이 깊어감과 동시에 내 몸과 마음은 깊은 우울 속으로 곤두박질쳤다.

그렇게 제주에서 맞이한 두 번째 겨울, 폭설이 내렸다. 한라산 꼭대기가 아니면 좀처럼 쌓인 눈을 볼 수 없다는 제주에 내린 이례적인 폭설이었다. 온 제주가 다 같이 패닉 상태에 빠져 버렸다. 제주의 관련 부처와 행정 관계자들은 신속한 제설 작업에 대한 지식이나 정보가 거의 없는 것 같았다. 애초에 제설 작업이란 걸 별로 해 본 적이 없어서 잘 모르는 거랄까.

결국 도심이나 시골이나 똑같이 길이 얼고 눈이 쌓여 갔다. 제주도민들 사이에는 시내에 있는 직장에 차를 두고 외곽에 있는 집까지 걸어갔다느니, 거리에서 스키를 타고 돌아다니는 사람을 봤다느니 하는 무용담이 속출했다. SNS에는 사람들을 태운 버스가 눈길에 미끄러져서 차도를 가로막고 그 위로 몇 대의 자동차가 연달아 부딪히는 영상이 돌아다녔다. 육로, 해로, 항공로 등 길이란 길은 전부 막혀 버려 모든 이동 수단과 사람이 꼼짝없이 묶여 버렸다. 농어촌의 피해 역시 심각했다. 비닐하우스가 무너져 내리고 농작물이 눈에 파묻혔다. 폭우나 폭설이 오면 고립을 밥 먹듯 반복하는 중산간 마을 사람들뿐만 아니라 온 제주의 사람들이 고립되어 버렸다. 재난 영화를 보는 것 같았다. 눈부시게 희고 차가운 눈 속에 제주가 그야말로 파묻힌 것이다. 그즈음 나 역시 호르몬과 스트레스가 빚어낸 깊은 우울감에 묻혀 있었다. 점점 불어나는 몸만큼 우울함이 날로 살쪄 갔다.

스트레스를 견디다 못한 나는 남편에게 더 이상 가게를

운영할 수 없을 것 같다고 말했다. 남편도 나의 우울함을
어느 정도 눈치 채고 있었다. 하지만 가게를 혼자 운영하기엔
부담이 크다고 느꼈는지 어떤 답도 선뜻 내놓지 못했다.
무겁고 깊은 침묵이 흘렀다. 우리는 신지를 데리고 바닷가로
산책을 나섰다. 바람이 많이 부는 날이었다. 얼마쯤
걸었을까. 바람이 점점 거세졌고 파도가 해안가까지 치고
올라왔다. 결국 바람과 파도를 피하기 위해 우리 세 식구는
다시 차에 탔다.

그때 친구에게서 전화가 왔다. 곧 제주에 있는 나를
만나러 오기로 한 이소호 시인이었다. 소호는 내게 줄 선물을
사러 백화점에 갔다가 묘한 감정을 느꼈다고 했다. 임신
축하 선물로 아기 것은 많은데 엄마에게 주는 선물은 별로
없었다는 것이었다. 아기 용품은 종류가 다양하지만 이제
막 엄마가 된 사람에게 선물할 수 있는 것은 튼살 크림과
오일 정도뿐이었다고. 임신이라는 것은 아기의 일이 아니라
엄마의 일인데 정작 엄마가 받을 수 있는 축하는 한정되어
있는 것 같아서 본인이 더 서운했다는 말이었다.

소호의 말을 듣고 있자니 눈물이 터지는 것을 막을 수가
없었다. 내가 나로 살지 못하고 누군가의 엄마로만 살아야
하는 시간이 예상보다 너무 일찍 들이닥쳤다. 내 몸 하나도
제대로 건사하지 못하고 살아왔는데, 그저 자유를 쫓아

제주에 겨우 정박했는데, 덜컥 엄마가 된다니. 부모가 된다니. 한 인간을 책임져야 한다니. 겁이 났다. 정말 너무너무 겁이 났다. 게다가 여긴 아무 연고도 없는, 바람 차고 파도 거센 제주가 아닌가.

많은 이에게 축복받는 아이를 가졌다고 해서 마냥 행복하기만 한 건 아니다. 더욱이 늘 현재의 즐거움과 만족을 위해 행동했던 나로서는 아이로 인해 찾아올 행복보다도 미래에 대한 두려움, 아니 그보다 근본적으로 미래에 대한 자각이 더 크게 다가왔다. 지금껏 나는 오직 현재에만 충실할 뿐, 미래라는 것은 실체가 없다고 생각했다. 그렇지 않은가. 우리는 늘 오늘, 지금만을 살아갈 수 있을 뿐이다. 도대체 누가 어제나 내일에 살 수 있단 말이야? 그랬던 내가 나의 미래, 남편의 미래, 나아가 한 인간으로 자라날 내 아이의 미래를 꾸려 가야 한다니. 앞으로 가족의 미래를 위해 희생해야 하는 나의 오늘이, 그동안 나의 부모가, 당신의 부모가 숱하게 떨구어 냈을 그들의 찬란했던 오늘이 애처로워서 견딜 수 없었다.

결국 우리는 식당을 인계하기로 했다. 제비상회를 떠나던 날은 긴 겨울이 끝끝내 물러가지 않고 버티던 3월의 어느 날이었다. 안 그래도 바람 많은 제주지만 그날따라 바람이 더 거센 것 같았다. 오후에 비가 온다는 예보가 있던 터라 오전에 서둘러서 짐을 옮겼다. 너무 서둘렀던 탓일까. 벽에 기대어 뒀던 냉장고 문 한쪽이 넘어져 외부 유리가 박살이 나고 내부 부속이 몽창 깨졌다. 깨진 냉장고 문을 보고 있으려니 헛웃음이 절로 나왔다. 떠나는 우리에게 제비상회가 건네는 서운한 마음이려니, 새로운 곳에서 나쁜 일이 생기지 말라는 액땜이려니 생각하기로 했다.

이제는 손님으로 찾게 될 제비상회에 묘한 기분을 안고 들어가 보았다. 내부 인테리어 소품에서부터 마당에 심어진 화초 하나까지, 어느 것 하나 내 손 타지 않은 곳이 없는 작은 가게. 막상 떠나려고 생각하니 왜 그렇게 눈에 밟히는 것이 많은지. 식당인 이곳에서 수용소 같은 생활을 했었지. 살림집을 만들면서 신지를 우리 집에 데려왔지. 창고 지붕은 태풍 차바 때문에 날아가 버렸다. 그때 떨어진 하귤로 청을 담궈 에이드를 만들어 여름 내 마시고 팔기도 했었지. 마당에 있는 개복숭아 열매는 오며가며 동네 삼춘들이 다 따 먹는 바람에 정작 우리는 한 알도 맛보지 못했지. 걸어서 10분이면 탁 트인 바다를 볼 수 있어서 너무 행복했던 나의 제주 첫 보금자리. 정들었던 제비상회, 안녕.

우리는 신창리에서 더 남쪽으로 내려간 고산리에 새

둥지를 틀었다. 말이 씨가 된다고 했던가. 제주도에 입도하고 나서 얼마 지나지 않았을 때 만일 제주에서 이사를 하게 된다면 고산에 살고 싶다는 말을 했던 것이 기억났다. 고산에는 내가 사랑해마지 않는 수월봉과 엉알해변(올레길 12코스)이 있기 때문이다. 이곳은 화쇄난류('화산쇄설물이 화산가스나 수증기와 뒤섞여 사막의 모래폭풍처럼 빠르게 지표면 위를 흘러가는 현상'이라고 하는데 어려운 말이라 잘 모르겠고 일단 가서 한번 보셨으면. 강력 추천하는 바이다.)를 통해 형성된 지층이 길게 이어져 있는데 지층의 형태가 무척 매혹적이다. 일반적인 단층에서 볼 수 있는 구조이지만 한 층 한 층의 모양이 전부 다르다. 모래로 이뤄진 것 같은 층, 중간중간 현무암 자갈이 콕콕 박혀 쿠키 아이스크림처럼 보이는 층, 어두운 색 암석이 많이 포함된 층, 밝은 색 그라데이션이 눈에 띄는 층이 한눈에 들어온다. 차귀도 선착장에서부터 해안길을 따라 걸으면 왼쪽에는 마치 그림 같은 지층이 펼쳐져 있고, 오른편에는 음악 같은 바다가 펼쳐지는 절경이다.

그 모습에 반해 세 번째인가, 엉알해변을 걷고 있을 때 야생 돌고래 떼를 보았다. 그 순간, 이 동네에 살면 매일 엉알해변을 걸을 수 있겠네, 여기 살고 싶다고 생각했었는데, 그 말이 현실이 되었다. 웃어야 할지 울어야 할지. 일단은

웃기로 했다. 아직 마주한 적 없는 나의 후계자가 선물해 준 풍경이라 생각하기로.

　다시 또 처음이었다. 처음 보는 풍경과 처음 만나는 이웃들. 여기에서 처음 만나게 될 우리의 미래, 우리의 아이까지. 처음 경험하는 것은 그것이 무엇이든 낯설고 어렵기 마련이다. 그러나 그 또한 오늘이 된다는 것을 알기에 담담히 살아가는 수밖에. 두려워하고만 있을 때가 아니었다. 찬란하게 빛나지만 애처로운 우리의 오늘들을 하루하루 보듬는 마음으로 살아가야지. 오늘과 또 오늘을 살아 내다 보면 엉알해변에서 보았던 돌고래 떼처럼 선물 같은 순간이 펼쳐지리라 믿어야지, 뭐.

제왕절개
— 다하에게

생살을 찢고 나왔으니
나와 너
우리의 고향은 차가운 칼이다

이생이 끝난다 해도
흉터는
뜨거움을 간직하고 있다
내 몸에 새겨져
나와 너를 태우는

외로운 수술대 위에서
하나였던 인간이 둘이 되었고
다시 눈을 떴을 때

너는 형벌처럼 나타났다

떨림을 멈출 수 없었다

너를 살리는 것은 나의 벌
나를 살리는 것은 너의 죄

문득문득 열꽃으로 피었다 사라지는 너의 얼굴

천천히 움직이는 네 볼을 쓰다듬으며
가슴을 친다
다시는 둘이 되지 말자
세상에 그 누구도 내지 말자

누구도 가르쳐주지 않았지만
허기 쪽으로
네 입술이 움직인다

울지 마, 울지 마

나의 과거를
너의 미래를
우리의 고향으로
돌려보내지 않기로
약속해

네 배를 토닥이며
나를 달래는 일

그것만이 이 차가운 칼끝에서
내가 할 수 있었던
처음이자 마지막
사랑

나와 딸은 둘 다 제왕절개를 통해 세상에 왔다. 나는 딸에게서
동료 의식 같은 걸 느낀다. 여자로 살아간다는 게 버거울 때가 많다.
내 사랑으로 딸을 끝까지 지킬 수 있을까.
딸의 잠든 얼굴을 볼 때마다 미안한 마음이 든다.
《현대시》 2019년 1월호에 수록.

처음 쓰는 마음에 대해

나는 왜 시를 쓰는 걸까. 왜 시가 아니면 안 될까.
대학에 다닐 때는 소설도 썼다. 학교 주최의 문학상에서는
소설로 대상을 받기도 했었다. 반면 시는 가작에 그쳤었지.
내가 시에 재능이 있다고 생각한 적은 없었다. 어릴 때는
그림 그리는 걸 좋아했고 사진 찍는 것도 좋아했다. 그
때문인가 만화를 정말 많이 읽었다. 만화라면 장르를
불문하고 다양하게 섭렵했다. 도라에몽, 궁, 몬스터, 비타민,
언플러그드 보이, 드래곤볼, 소용돌이, 피치걸······. (이 만화
목록을 다 알고 있다면 당신은 나랑 동년배!) 당연히 만화가가
되고 싶었다. 이 '당연히'라는 것이 본인이 즐기는 창작물에
대해 창작자가 되고 싶다는 욕망이라는 것, 그런 욕망이
누구에게나 있지 않다는 걸 알게 된 건 먼 훗날의 일이다.

좋은 만화를 보면 만화가가 되고 싶었고 좋은 영화를
보면 감독이 되고 싶었다. 내 욕망은 주로 그걸 만드는
사람 쪽에 있었다. 내가 가진 욕망에 대해 좀 더 일찍
들여다봤으면 어땠을까 싶다. 글을 써서 돈을 버는 사람이
되고 나서부터 예술학교에 다닌 친구들에 대한 존경심을
갖게 되었다. 어떻게 그렇게 어린 나이에 자신이 하고자 하는
걸, 좋아하는 걸, 분명히 알 수 있었을까. 어떤 사람은 평생을
살아도 자기가 진짜 하고 싶은 걸 찾지 못하기도 한다는데.
자신의 욕망을 분명히 안다는 것, 그걸 평생의 업으로
삼겠다고 결정하는 것, 그 자체로 재능이 아닐까.

나는 그러지 못했다. 정말 우연한 계기로 문예창작학과에
입학했다. 고등학교 때는 컴퓨터디자인과에 재학하면서
미술을 했다. 자연스레 미대 입시를 준비했는데 가정
형편상 미대 입시 준비를 끝까지 감당할 수가 없었다.
대입을 몇 개월 앞두고 미대 입시를 포기했다. 붕 뜬 상태로
만화책을 읽으며 지냈다. 천계영 작가의 『오디션』을
읽고 있었는데, 거기에 나온 "지지지불여호지자요,
호지지불여락지자라."라는 말이 너무 좋았다. 그 말을
교과서며 달력이며 다이어리에 잔뜩 써 놓았었는데 어느 날
국어 수업 시간에 그걸 본 선생님이 내게 물었다.

"너 이게 무슨 말인 줄은 알고 써 놓은 거지?"

"아, 당연하죠. 아는 사람은 좋아하는 사람만 못하고 좋아하는 사람은 즐기는 사람만 못하다."

"누가 한 말이야?"

"아 진짜, 선생님! 청학동 댕기즈요."

어이없는 표정으로 나를 쳐다보던 선생님이 내가 교내 백일장에서 수상했던 걸 상기시켜 주면서 문예창작학과나 국문과 쪽으로 지원해 보면 어떻겠냐는 제안을 했다. (응? 전개가 왜 이렇게 급발진이지? 쓰고 나서 알았다.) 예술계에 대한 막연한 동경이 있었지만 경제적인 이유로 포기했기에 어떻게든 예술만 하면 되지 뭐, 글 쓰는 건 돈 드는 예술도 아니니까…… 하는 심정으로 문창과에 지원했다. 물론 인풋이 약하면 아웃풋이 약하다는 것을 알게 된 것도 훗날의 일이다.

그래서 그랬을까. 시를 처음 쓰기 시작할 때 마치 만화를 그리듯이 사진을 찍듯이 썼다. 처음으로 시다운 시를 썼던 것은 김중식 시인의 「식당에 딸린 방 한 칸」을 패러디해서 시를 써 오라는 과제였던 걸로 기억한다. 나는 「종점에 서 있는 한 사람」이라는 제목으로 패러디 시를 썼다. 당시 교수님이 시를 손으로 직접 써서 제출하라고 했었기 때문에 파일로는 남아 있지 않지만 (본가에 남겨 두고 온 파일첩 어딘가에 묻혀 자고 있을 거다.) 그 안에 썼던 말은 내 머릿속에 오래 남아 있다.

아버지에 대한 시였다. 혼자 두 아이를 키우는 홀아버지로 살아가면서 언제나 외로움에 압사당할 것 같은 표정을 짓던, 사실은 나약하고 유약한 내 아버지. 아버지는 오랫동안 버스를 몰았고 나는 종종 아버지가 운전하는 버스를 탔다. 버스 가장 뒷좌석에 앉아 거대한 버스를 운전하는 아버지의 작은 뒷모습을 바라보면서 술 취한 그를 부축해 가난한 우리 집으로 돌아오면서 그때 보았던 풍경을 시로 썼다. 집까지 가는 골목에 아무렇게나 나뒹구는 담배꽁초들, 개똥들, 가난한 동네의 어두운 골목이라면 어디든 도사리고 있는 위협과 위험, 그 어두움은 사실은 웅크린 나이기도 하고 내 동생이기도 하고 아버지이기도 하다는 것. 그래서 멀리, 더 멀리 도망치고 싶지만 끝내는 이 종점으로 돌아오게 된다는 것. 그런 내용이었다. 길다면 긴 이 이야기를 하나의 사진처럼 보여 주는 것. 그게 시라고 생각했다. 어떤 사진은 한 장으로도 충분히 많은 이야기를 담고 있으니까. 한 장의 사진 앞에서 어떤 사람들은 펑펑 울기도 하니까.

그 시가 사람들 앞에서 발표되었던 스무 살 시절. 나는 청학동 댕기즈, 아니, 공자(선생님 저 이제 알아요. 공자님 말씀인 거…… 그때 많이 놀라셨죠?)의 말을 따라 살게 될 거라고는 생각하지 못했었다. 시에 대해 알고 싶었고 시에 대해 조금 알게 되니 시가 너무 좋았고 그 좋은 걸 평생 즐기며 살고 싶어졌다. 물론 '락지자'로 산다는 게 굉장히 어려운 일이라 가장 마지막 퀘스트라는 걸 알게 된 것도 먼 훗날의 일이지만.

그 이후로 쭉 시를 마음에 담아 왔다. 시로는 먹고살 수 없어도 시 같은 걸 요즘 누가 보냐는 말을 들어도 나는 시가 좋았다. 내 시가 시작되는 순간은 언제더라. 그래, 맞다. 외로움. 나는 내가 혼자라고 느낄 때 시를 쓴다. 이 세상의 그 누구도 혼자 태어나는 사람은 없다. 생물학적으로 반드시 두 사람이 필요하다. 그렇기 때문에 인간은 늘 외로운 걸까. 혼자서는 완전할 수 없다고 느끼는 걸까.

불완전한 나와 내가 키우는 외로움이 걷잡을 수 없어지는 순간이 있다. 주로 그럴 때 시가 써진다. 나와 타인이 함께 만들어내는 외로움, 나와 세계 사이에 도사리는 외로움, 나와 내가 어찌할 도리가 없는 외로움. 나는 혼자구나, 태어났을 때도 혼자였고 죽을 때도 혼자이고 죽어서도 혼자이겠구나, 하는 인식에까지 다다르면 시는 시작된다. 그렇게 시를 쓰고

있노라면, 시가 나에게서, 단 한 사람에게서 탄생하기 때문에
그 자체로 완전하다고 느껴진다. 전혀 외롭지 않은 존재로
보인다. 이럴 때 매번 안심이 된다. 하나로 오롯이 존재하는
시를 보면서 창작자이면서 동시에 독자가 되면서 불완전한
나를 조금은 눈감아줄 수 있게 된다. 종종 스스로가 애처롭게
느껴지기도 하고 내 머리를 쓰다듬거나 어깨를 꽉 잡아 주고
싶기도 하다. 외로워서 시작한 쓰기가 결국 나를 구하는
건가. 그러니까 시로는 돈 좀 못 벌면 어때. 이렇게 좋은데,
이렇게 후련한데, 싶은 마음이 된다. (물론 시로도 많은 돈을
벌 수 있으면 더 좋겠다. 로또 1등보다 더 간절한 평생의 열망. 왜
때문에 시 고료는 안 올라요?)

  좀 거창한 이야기를 했나 싶지만 정리하자면 주로
혼자라고 느낄 때 시를 쓰고 시를 쓰고 나면 그 마음이
괜찮아진다는 거다. 외로움이 사라진다는 말이 아니다. 그냥,
외로워도 괜찮다. 인간은 원래 혼자이기도 하고, 반드시
혼자 가야만 도달할 수 있는 곳도 있는 거니까. 시작은 늘
외롭다고 느끼는 내 마음에서부터지만 글의 주제는 삶이
변화함에 따라 점점 더 풍부해진다. 유년 시절 경험했던
일에서부터 시작해서 요즘은 제주의 지질, 식생, 개와
산책하면서 본 것, 아이의 성장 과정을 지켜보는 관찰자로서

알게 되는 것들에 이르기까지 소재가 무궁해지고 있다.
나이를 먹는 것도 창작자의 시선에서 보면 설레는 일이다.
또 어떤 소재들이 내 삶 속으로 굴러올지 모르니까. (기왕이면
대박 날 거, 굴러들어와 주세요…….) 외로움에 사무치는 한
인간이 이런 낙관적인 생각을 할 수 있는 것도 결국 시
덕분이다. 이래저래 내가 시 덕을 많이 본다. 하늘과 땅의
보석 중에서도 하늘, 이상 세계의 보석을 손에 넣으려면 결국
시 앞에 서야 할 거다. 기꺼이 서야지, 기꺼운 마음으로.

아버지와 살면

너는 내게 시인의 목소리를 종용한다 창문을 막은 비닐 사
이로 비집고 들어오던 겨울
영하 앞에 무능한 사내의 어깨
무엇으로부터 누군가로부터 지켜지지 않는 작은 방

근원 없는 파문이 일고 너는 시가 무엇이냐 묻는다

한 번도 만져 본 적 없는 수선화 낡은 비키니 옷장에 손을
뻗고 나와 당신이 오래도록 떠나지 못했던
조용하고 깊은 물가에 서서

혼백들이 끊임없이 다른 언어로 말을 걸었어 내가 그 말을
알아들을 수 있는지 정말 몰랐어

일요일이면 꽹과리 소리가 아침을 훔치고 손을 뻗으면 닿
을 수 있는 붉은 신당, 장군님, 선녀님

장군님의 창
나의 대답은

죽여 온 자들의 곁에서 애통해 가슴을 치는 한 자루의 도검

새로운 자루를 깎으며 터질 것 같은 울음을 삼키는 심약한
전사로 키워진다는 것

첫 시집에서 내 유년 시절을 잘 보여 주는 작품 중 하나.
아버지는 약한 사람이다. 그렇기에 사회가 아버지라는 역할에 부여하는 모습
즉, 경제력 있고 강하고 굳건한 남성이라는 틀.
그것이 아버지를 더 버틸 수 없게 만들었으리라.
억눌린 자아를 일그러진 상태로 분출할 수밖에 없던 나의 아버지.
아버지와 살면서 나는 심약한 전사로 길러졌다.

18단계

외부의 공격, 또 한 번의 함락

　　임신을 하고 제비상회를 인계한 뒤 우리는 숙박업소를
구상했다. 제주로 이주할 때 식당과 게스트하우스를
하고 싶었으니까, 그리고 식당은 해 봤으니까 (다신 안 할
거니까……) 이번엔 숙박업이지. 자연스럽게 생각했던 것
같다. 다행히 아는 사람을 통해 새로운 공간을 임대할 수
있었고 살 집도 구하게 되었다.

　　그런데 이상했다. 제주에 와서 고생이란 고생은 다 한 것
같은데 통장에는 아무런 변화가 없었다. 주위에서는 통장이
'텅장'이 되지 않은 걸 다행이라고 생각하라며 위로해
주었지만 우리는 안심할 수가 없었다. 상황이 이렇다 보니
살림집과 숙박업 공간 리모델링을 (또) 직접 할 수밖에…….
나는 부른 배를 흔들며 페인트를 칠했다. 아, 페인트 냄새

태아에게 너무 안 좋은 거 아닌가? 고민을 하다가도 막상
페인트 붓과 롤러를 잡으니 옛 생각이 났다. 손을 요리조리
놀려 가며 벽을 칠했다. 이 짓을 내가 또 하다니. 인간이란
정말 적응하는 동물이구나, 하는 생각과 함께.

특히 부동산에 관련된 일은 제주 토박이 친구들의
공이 혁혁했다. 제주는 특유의 '괸당' 문화라는 게 있다.
괸당이라는 말은 제주어로 '친척' 정도에 해당하는
말로, 부정적으로 해석하면 제주 사람들이 이방인에게
부리는 일종의 텃세라는 뜻이다. 본인들의 괸당이 아닌
사람들에게는 정보나 마음을 나눠 주지 않겠다는 것이다.
그러나 작용이 있으면 반작용이 있는 법. 괸당 못지않게
생각되는 사람들에게는 얼마든지 마음을 내준다는 긍정적인
측면도 있다. 제주에 처음 입도했을 때는 이 괸당 문화의
혜택을 받게 되리라고는 생각지 못했었는데 남편이 지역
조기축구회에 가입하고 거기서 다양한 연령층의 제주
토박이 '형님'들을 사귀게 되면서 괸당 덕을 톡톡히 보았다.
입도 초기에는 전혀 알 수 없었던, 아니 육지 사람들이 절대
구할 수 없는 저렴한 금액의 집을 여러 군데 소개받았다.

그렇게 많은 사람들의 손을 빌려 제주에서의 첫 번째

이사를 완료했다. 2018년 봄. 봄이 오자 고산리 집 마당에는 온갖 종류의 꽃이 피어났다. 마당 한 편에는 넝쿨식물들이 푸르게 피어났고, 대문 옆쪽으로 연보랏빛 등나무 꽃이 피고 수선화가 지천에 흐드러졌다. 그야말로 나의 살던 고산리는 꽃 피는 산골, 울긋불긋 꽃대궐 차리인 동네……. 그러나 언제나 아름다운 자연이 지금 보여 주는 얼굴은 자연의 수많은 얼굴 중 극히 일부라는 것을 잊지 않아야 한다. 적어도 시골에 살려면 그것을 잊지 않는 자세가 필요하다. 그런데 왜 우리는 이 집을 계약할 때 왜, 또, 그것을 놓친 걸까.

고산리로 이사를 하고 남편은 바로 숙소 공사를 시작했다. 숙소의 이름은 '제주와서'로 결정했다. 제비상회 공사를 하면서 익힌 솜씨로 남편이 직접 리모델링을 하게 되었다. 인건비를 아끼려고 혼자 공사를 하다 보니 남편은 체력적으로 지쳐 갔다. 게다가 나는 임신을 한 상태로 몸으로 하는 일을 할 수 없는 상황이었다. 남편은 생활비를 벌기 위해 숙소 공사를 하면서 이런저런 알바도 했다. 그렇게 무리를 하다 손가락을 다치기도 했고 무릎을 다치기도 했다.
신체적으로도 경제적으로도 어려운 시기에 딸이 태어났다. 2018년은 27년 만에 가장 더운 여름으로 기록되었다. 딸은 그해 여름의 한가운데 태어났다. 아이의 탄생은 축복이고 그 자체로 기쁨이다. 그러나 지금 생각해 보면 아이의 탄생과 동시에 남편이 느끼는 부담은 점차 심해졌으리라. 남편은 스스로의 감정이나 몸을 돌보지 못한 상태로 고된 노동과 압박에 노출되었다. 그렇게 일그러져 갔다. 나는 나대로 육아에 지쳐 갔다. 나의 경우 임신보다는 출산이 나았고 출산보다는 육아가 나았다고 생각될 정도로 임신이 힘들었기 때문에 상대적으로 육아가 쉬운 것처럼 느껴졌지만 그건 오만이었다. 임신이 혼자 느끼는 지옥이었다면 육아는 그야말로 '팀플'이 필수인 퀘스트였다. 우리는 제비상회 때 이미 크게 타격을 입은 팀 아니었던가. 팀을 제대로 정비하지 못한 상태로 육아라는 더 거대한 미션을 맞닥뜨렸으니…… 결과는 처참했다.

그러던 어느 날, 망가진 우리 부부의 팀워크만큼이나 경악스러운 사건이 발생했다. 아이가 백일이 갓 지났을 무렵, 남편이 축구부 사람들과 술을 마시러 간 밤. 아기를 재우고 혼자 시간을 보내고 있는데 정원 너머 대문을 누군가 세게 두드리면서 소리를 지르는 게 아닌가. 대문은 잠겨 있지 않았으므로 힘없이 열렸다. 마당에 있던 신지는 침입자를 향해 미친 듯이 짖어댔다. 현관문은 심지어 문걸이가 고장

난 상태였다. 침입자는 신지에게 무어라 소리를 지르며
성큼성큼 집 앞으로 다가왔다.

나는 창문을 통해 그 사태를 지켜보았다. 식은땀이
흘렀다. 일단 침입자가 집 안으로 들어오는 것만은 막아야
한다는 생각에 현관문으로 뛰어갔다. 문이 열리지 못하게
있는 힘을 다해 밀었다. 침입자는 술에 잔뜩 취해 있었다.
그가 횡설수설 늘어놓은 말에서 내가 알아들은 내용은 개가
너무 짖는다, 고향이 어디냐, 들어가서 이야기하겠다는
정도였다. 그는 소리를 지르기도 하고 속삭이기도 했다.
그가 현관문에 입을 대고 작은 소리로 말할 때는 소름이
돋았다. 눈물이 찔끔 났다. 침입자가 다시 마당으로 가서
소리를 지르는 동안 남편에게 전화를 해서 상황을 설명했고
(설명이라고 썼지만 마구 악을 지르며 빨리 집으로 오라는 말을
했다.) 경찰에 신고를 했다.

경찰을 기다리고 있는데 침입자가 마당에서 신지를
때리는 것 같았다. 신지가 두 차례 깨갱 하는 소리를 질렀던
게 기억이 난다. 그 소리를 듣자 눈앞에 불꽃이 튀는 것
같더니 갑자기 이성이 돌아왔다. 신지는 침입자에게
맹렬히 짖었지만 그 사람을 물지는 않았다. 내가 그렇게
가르쳤으니까. 사람은 물면 안 된다고. 그 순간 그렇게

교육했던 것을 매우 후회했다. 상대방이 공격하면 물어도 된다고 가르쳤어야 했나. 지금 신지가 저 사람을 문다면 앞으로 상황은 어떻게 달라질까. 짧은 시간 동안 머릿속에 수많은 경우의 수가 스쳤다.

현관문이 열리지 않게 꽉 밀면서 고개를 뒤로 돌려 곤히 자고 있는 딸을 보았다. 딸은 어릴 때나 지금이나 잠에 빠지면 잘 깨지 않는 편이다. 그때 깨지 않은 게 얼마나 다행이었는지 모른다. 딸의 얼굴을 보니 머리가 더욱 팽팽 돌아갔다. 침입자가 문을 열고 들어오면 재빨리 부엌으로 가 식칼을 챙겨야지, 그리고 아이를 안고 안방 창문으로 뛰어나가서 마당으로 나간 뒤 신지를 데리고 도망가겠다는 동선을 머릿속에 수차례 그렸다. 그런 생각을 하는 순간에 경찰이 도착했다. 그리고 또 얼마 후 남편이 헐레벌떡 도착했다.

그 사건 이후 제주도에서의 세 번째 이사를 결심했다. 아이가 태어나면서부터 실외견이 되었던 신지를 다시 실내견으로 들이고 아무나 침입할 수 없는 튼튼한 문이 있는 곳으로 가야겠다고 다짐했다. 미지의 존재, 심지어는 예상치 못한 침입자까지 마주하게 된 정원은 지긋지긋했다. 사람과 조금 더 가까운 곳으로 가자. 적어도 사랑하는

가족들을 위험에 노출시키지 않을 수 있는 곳으로 가자. 직접
리모델링을 했던 노고가 전혀 아깝지 않았다. 그 집에서
하루라도 빨리 벗어나고 싶었다.

죄책감

늦은 밤
비 오는 차양 밑에서
나의 개는 얌전히 뼈를 씹는다

그동안 우리는 세월을 태운다

다리에 기대어 오는 따뜻하고 무거운 몸

멀지 않은 곳에서 무명의 새
단발의 울음 흘리며 가고
문득 개는 고갯짓을 멈춘다

빗소리다
더해지는 것은 오직

새는 젖었을 것이다

차가운 바닥에 배를 깔고
열심히 뼈를 씹어 넘기는 개와
부지런히 낙하하는 구름

마른 눈꺼풀을 비비고

비를 향해 원망을 던지는 것은
두 발로 걷는 자들

비가 내리고 있을 때는
따뜻한 곳을 알 수 없고
길을 걷고 있을 때는
길의 다리를 만질 수 없는 것이다

착한 개가 어둠 속으로
아그작아그작
이빨 소리를 촘촘히 박는다

내일은 날이 갠다
반드시

신지가 마당에서 살 때 나는 마음이 힘들면 신지 옆으로 갔다.
나의 착한 개는 아무 말 하지 않음으로 나를 위로해 주었다.
누구도 믿을 수 없었고 누구에게도 기댈 수 없었을 때 만약 내 옆에
신지가 없었다면……. 나를 구원한 나의 착한 개.
《시인동네》 2017년 6월호에 발표했던 작품.

19단계

구원자의 등장

임신이 지옥이었다는 말을 썼다. 진짜다. 그 말에는 한 톨의 거짓도 없다. 출산 전 원래 몸무게에서 22킬로그램이 불었다. 임신 기간 동안 몸무게 앞자리가 두 번 바뀌는 놀라운 경험을 했다. 그런데 아이는 보통 태아보다 작았고 출산이 임박했지만 줄곧 역아였고 양수가 부족했다. 나는 임신이 몸에 맞지 않는 체질이었다. 손과 발이 부었고 자꾸 무기력했고 우울감이 밀려왔다.

딸은 순했다. 잠도 오래 자고 울음도 짧았다. 잠든 아이를 보고 있으면 타자에게서는 한 번도 느껴 본 적 없는, 그래서 더욱 소중한 순수한 기쁨이 느껴졌다. 내가 아닌 다른 존재를 통해서 이런 기쁨을 느끼다니. 놀라운 경험이었다. 그러나 아이를 사랑하는 마음이 생겼다고 해서 망가진 몸이

돌아오는 건 아니었다. 늘어났던 몸무게는 점차 돌아왔지만
피부의 탄력은 돌아오지 않았고 급작스럽게 불어난 몸
때문에 놀란 관절과 근육들의 후폭풍이 시작되었다. 망가진
신체에서 끊임없이 경고등이 켜졌다. 엄마가 한 달 간
몸조리를 도와주고 간 후 육아는 온전히 내 몫이 되었다.

　너무 집에만 있으면 안 될 것 같아 신생아가 맞아야
하는 첫 번째 접종을 시작으로 딸을 데리고 어디든 나돌아
다녔다. 그런다고 우울감이 사라지는 건 아니었다. 오히려
고립감은 더 심해졌다. 아기는 너무 예쁘지만 그게 내
인생에 다는 아닌데, 이러다가 시인으로서, 예술가로서의
삶이 끝나는 건 아닐까. 하루에도 몇 번씩 감정이
오락가락했다. 임신 때와는 또 다른, 그러나 종류가 비슷한
우울감이었다. 내가 사라진다는 느낌. 나를 나로서 인정해
주는 사람이 아무도 없다는 느낌. 임신 때는 그저 '아기
집'이었고 출산 이후에는 '아기 돌보미'로만 존재한다는
느낌. 내 옆에는 아무도 없었다. 팔다리를 휘젓고 있는 작고
연약한 생명 하나가 있을 뿐.

　아이가 태어나고 몇 개월 뒤 슬픈 일이 있었다. 제주에서
가장 믿고 따르던 K 언니가 육지로 돌아가게 된 것이다.

좋은 조건으로 복직하게 된 거라 떠나는 언니에게 축하의 박수를 보냈지만 K 언니의 빈자리가 컸다. 언니가 떠난 후에도 종종 너무 힘들 때면 언니에게 전화를 하곤 했는데 내가 여보세요? 말하면 언니는 벌써 내 마음을 알아차렸다. 언니가 아무것도 묻지 않고 나보다 먼저 울어 주면 나는 가슴을 퍽퍽 내리치며 소리를 죽여 울다 결국 끅끅거리며 오열하곤 했다. 언니가 몇 년 전에 겪었던 아픔을 내가 지금 겪고 있다는 걸 알 수 있었다. 이런 아픔은 왜 엄마에게서 엄마에게로만 이어지는가. 우리는 왜 다른 시간 속에서 같은 아픔을 경험하는가.

　나는 위태로웠다. 그런 나를 겨우 지탱해 주는 건 역설적이게도 내가 돌봐야 하는 존재들, 아기와 신지였다. 하루에 한 번 아기를 품에 안고 신지와 함께 산책하는 시간이 없었다면 나는 그 시절을 버티지 못했을 거다. 잘은 모르지만 우울증 치료에 햇빛을 쬐는 시간이 포함된다는 이야기를 들어 본 적 있다. 내게도 볕이 중요했다. 햇살 사이를 걸으며 내 발걸음을 느끼며 아, 그래도 내가 여기 있구나, 나를 확인하는 시간이 없었다면, 그런 것 말고는 내가 나임을 알 수 있게 하는 단서가 그 어디에도 없었으니까.

　거대한 우울의 파도 속에 겨우겨우 살아가고 있을 때

나에게 구원자가 하나 생겼다. 바로 무명서점이다. 무명서점 서점원 J 언니와는 임신 초기에 도서관 독서 모임에서 처음 알게 되었다. 김애란 작가의 『두근두근 내 인생』에 대해 토론을 하는데, 한눈에 봐도 책을 좋아하고 또 많이 읽는 사람이구나 싶었다. 토론이 끝난 후 하는 일을 물었더니 고산리(당시 나는 신창리에서 아직 식당을 하고 있었다.)에서 책방을 하고 있다는 게 아닌가. 그 인연으로 무명서점에서 낭독회를 하게 되었고 이후 꾸준히 교류가 이어지고 있다.

내가 우울감에 허덕이던 그때(아마 서점원은 내가 그렇게 우울했는지 잘 모르는 것 같지만!) J 언니가 함께 지원 사업을 해 보자고 제안해 주었다. 그 덕에 실로 오랜만에 시인이자 문화 기획자의 모습으로 돌아갈 수 있었다. 무명서점에서 낭독회와 강의 등의 프로그램을 진행하고 더불어 '엄마가 없는 시간, 무모(무명서점 독서 모임)'에 참여하기 시작했다. 이런 활동을 통해 다른 사람들과 시와 책에 대해 공유하고 소통하면서 나의 존재를 느끼기 시작했다. 아, 내가 여기에 있구나. 여기서 이렇게 떠들고 웃고 울면서 내가 사랑하는 시를, 글을 이야기하면서 살아 있구나. 숨이 트이는 기분이었다.

무명서점은 고산 우체국 사거리의 유명한 '유명제과'

건물 2층에 있는 서점이다. 처음에 무명서점을 찾았을 때는 '이름 모를 책들의 여행'이라는 로고만큼이나 생경한 책들이 많았다. 대형 서점의 섹션별, 판매량별 분류 형태에 익숙해져 있었던 나는 무명서점 서가에 꽂혀 있는 책들이 낯설게 느껴졌다. 기분 좋은 낯섦이었다. 새로움이었다. 지금도 무명서점의 서가 앞에서면 늘 새로운 자극을 받을 수 있어서 좋다.

낯섦은 곧 고유함으로 변화했다. 요즘 책을 살 때는 독립서점을 주로 이용하는데 작은 서점은 그 서점을 꾸리는 사람만의 고유한 큐레이션을 엿보는 것만으로 큰 즐거움을 준다. 서가의 책을 구경하면서 이곳 주인장의 취향은 이런 거구나, 이 사람의 결은 이럴까? 오, 이건 이 책방에 안 어울리는데, 꽤 대세를 따른 입고인 거 같은데? 이런저런 생각을 한다. 대형 서점에서 책을 살 때보다 훨씬 능동적인 자세로 서가를 살펴보게 된다.

문화적으로 즐길 거리가 없는 시골 사람들에게 무명서점은 그야말로 단비 같은 존재다. 무명서점은 제주 서쪽 지역의 문화 교류의 장이 되기도 한다. 나를 포함해 무명서점을 이용하는 많은 사람들이 이곳의 다양한 행사, 모임에서 만난 사람들과 교류하고 정보를 교환한다. 나는 무모 모임을 통해서 동화를 쓰는 B 작가님과 그의 남편

H 작곡가님을 알게 되었다. 두 사람은 내가 본 몇
안 되는 '파워 공동육아러'다. 내가 생각할 때 가장
이상적인 부부의 모습이 이들 아닐까 생각될 정도.
심지어 그들은 밴드로 활동하고 있기도 하다. 서로가
서로의 든든한 동료이자 짝이 되면서 또 심지어 두
아이를 훌륭히 기르고 있다. 이들과 함께 몇 년 동안
한국예술인복지재단의 예술인파견지원사업을 진행하기도
했고, 제주문화예술재단의 지원금을 받아 복합 장르 전시도
만들어 보았다. 게다가 두 분 모두 제주의 여러 학교와
도서관 등에서 강의도 하고 있다. 심지어 B 작가님은 둘째를
임신하고 있을 때도 일을 했고 출산 후에도 거의 바로 일을
시작했다. B 작가님이 면허가 없어서 이 모든 일을
H 작곡가님과 물리적으로도(!) 함께 한다. 그 와중에
B 작가님은 책도 냈다. 아니, 이게 다 가능하다고? 진짜 두
분을 볼 때마다 감탄이 절로 나온다. 나는 한 명도 힘든데
둘을 키우면서 저 모든 걸 다 한단 말이야?

　무명서점을 통해 육지 친구를 다시 만난 일도 있다.
바로 김현 시인과 나, 김현 시인과 서점원 J 언니의 경우다.
나와 현 선배는 같은 대학을 다녔다. 학번 차이가 있어서
학교생활을 같이 한 건 아니지만 조무래기(지금은 조무래기가

아니라는 건가?) 시절부터 행사에서 마주칠 때마다 현 선배는 나에게 친근하게 대해 주었다. 그러던 중 무명서점에서 '시차(강지혜 시인의 시와 차차 친해지기)' 행사를 진행할 때 현 선배를 초청해서 낭독회를 열었다. 내가 워낙 선배의 글을 좋아해서 무작정 행사를 꾸렸는데 선배는 먼 거리임에도 한 달음에 와 주었다. 그런데 알고 보니 무명서점 서점원 언니와 현 선배는 한때 같은 곳에서 일했던 동료 사이였던 게 아닌가.

거의 10여 년 만에 제주의 작은 서점에서 조우하게 된 두 사람은 예전과 같은 친구 사이가 되었다. 나와 J 언니는 종종 현 선배를 두고 '다작의 아이콘'이라 부르며 선배를 주인공으로 한 행사를 꾸린다. 현 선배가 제주도를 좋아하고 책도 많이 내니까 자주자주 부를 수 있어서 좋다.

올해로 무명서점은 4주년을 맞이했다. 딸의 나이가 네 살이니 무명서점과 딸이 함께 커 가는 것 같은 느낌이다. 무명서점이 없어지지 않고 오랫동안 고산리를 지켰으면 좋겠다. 무명서점이 내게 얼마나 소중한 공간인지 서점원 언니에게 한 번도 말해 본 적은 없다. 말로는 좀 쑥스러우니까 이렇게 지면을 빌어 그 마음을 전한다. 언니, 좋아해요. 늘 고맙고요. 언젠가 제주 서쪽을 여행한다면 무명서점에 꼭 들르시길. 사람 하나 살린 공간이니까. 분명 좋은 기운을 듬뿍 가져갈 수 있을 거다.

비 온다고 했다
—신창리에서

예보에는 늦은 저녁부터 비
온다 했다

그러나 어슴푸레 내린 것은 저녁뿐

개와 함께 걷는 길에서
얼굴에 한 방울, 목덜미에 한 방울
비 맞은 것 같은데

하늘에는 구름이 없었다

주위를 둘러봤지만
나와 개의 곁에는
흔들리는 청보리,
어제 보았던 그 달

잠시 멈춰 서 있는데

얼굴에 물이 억수로 쏟아졌다

분명 하늘은 맑고

바람만이 찰랑이는데

건조한 기후 속

내 얼굴만이 익사할 지경이 되어

개를 잡은 줄을
구명줄처럼 끌었으나

개는 놀라 달아나 버리고

나는 질식하여 갔다

죽이고 싶다고
미워하고 있다고
원망하고 있다고
소리치고 싶어

이미 기도를 타고 들어찬 물이
폐 속 깊숙이 차 버린 물이

내 안에서 내린 비가

나만을 거두어 갔다

먼 바다 쪽으로
꼬리를 흔들며
개가 뛰어간다

《시로여는세상》 2017년 가을호에 실은 시. 답답한 마음에
질식할 것만 같은 날들이 있다. 외로움에 압사당할 것만 같은 날.
이 시를 다 쓰고 나서 사는 곳이 시골이 되니 외로움을 표현하는 데도
자연이 등장하는구나 싶었다. 삶이 변하니까 글도 변한다.

20단계

포션을 획득하였습니다

무명서점은 책과 관련된 여러 모임을 운영하고 있는데,
그중에서 무명서점의 역사를 함께하고 있는 모임이 있다.
바로 내가 소속된 '무모 독서 토론 모임'이다. 무모(無母)는
말 그대로 엄마가 없는 모임이라는 뜻인데, 아이가
태어나면서부터 살아가는 동안 단 한순간도 엄마가 아닌
때가 없게 되었지만 이 시간만큼은 엄마라는 이름을
내려두고 모이기로 하자는 의미에서 이런 이름으로 정했다.

처음에는 육아에 관련된 서적을 읽고 토론을 하는 것으로
시작해, 현재는 인문, 사회, 철학, 문학, 과학 등 다양한
분야의 책을 읽고 토론하는 모임으로 변모했다. 물론 엄마가
아니더라도 참여할 수 있다. 매달 일회성 신규 참여자도
있고, 몇 달 정도 머물다 가는 참여자들도 있다.

2018년 10월부터 시작해서 현재까지 이어져 오는 동안 변하지 않는 룰은 매달 마지막 주 일요일 저녁 그 달의 선정 도서를 읽고 자신의 생각을 말하는 시간을 갖자는 것. 무모의 멤버들은 나이와 배경이 전부 다른 사람들이다. 엄마인 사람도 있고 엄마가 아닌 사람도 있다.

학생운동을 하며 철학을 공부했던, 지금은 귤 농사를 짓고 있는 M님과 IT 업계 종사자에서 게스트하우스 주인으로 변신한 B님, 아동심리학 전공자이자 교사였던, 지금은 두 아이를 기르며 펜션을 운영하는 S님, 그리고 서점원 언니와 내가 무모의 가장 출석률이 높은 일명 코어 멤버다.

코어 근육을 잘 관리하면 나이가 들어도 건강한 신체를 유지할 수 있다고 한다. 그리고 근육을 키우는 데는 규칙적이고 일정한 운동만 한 것이 없지. 무모의 코어 역시 오랜 시간 동안 성실히 다져졌다. 심지어 서점원 언니가 해외로 여행을 가 있을 때도 무모 모임은 코어 멤버들을 중심으로 꾸준히 진행됐다. 무모의 역사가 이렇게 이어져 올 수 있는 건 아마도 무모의 코어를 이루는 멤버들이 무모에 대한 꾸준한 애정과 지지를 보내기 때문이리라.

I. '엄마됨'은 무엇인가

—『분노와 애정』(도리스 레싱 외 지음, 모이라 데이비 엮음, 시대의 창)

'위기'라는 단어에는 '위험'과 '기회'의 의미가 모두
포함되어 있다고 한다. 그래서 위기를 기회로 만드는 자들이
반드시 등장하는 거라고. 아이를 낳고 얼마 되지 않아 나는
우울의 바다로 조금씩 가라앉았다. 결국 이제 진짜 끝이다
싶을 정도로 바닥을 쳤다. 그랬기 때문에 조금씩 위로 상승할
수 있었던 걸까.

아이가 5개월 정도 되었을 때 다시 일을 시작했다.
'강지혜 시인의 시차'라는 제목으로 시에 대한 행사를
진행했다. 내 이름을 걸고 하는 행사였다. 엄마나
보호자로서의 내가 아니라 시인 강지혜로서의 정체성을
실로 오랜만에 확인하는 순간이었다. 그런데 첫 번째 행사를
진행하는 도중에 가슴에서 젖이 도는 느낌이 났다. 수유
패드를 덧대고 있어서 옷 밖으로 모유가 새진 않았다. 두
시간 남짓 일을 끝내고 후다닥 집으로 돌아가 손도 씻지 않고
딸에게 젖을 먹였다. 딱딱하게 부풀었던 가슴이 시원하게
풀리면서 고통에서 해방되었다. 그때 깨달았다. 나는 이 일을
해야 해. 공교롭게도 아이가 6개월 즈음이 되었을 때 모유
양이 줄어 자연스럽게 단유를 했다. 그리고 아기가 8개월이

되었을 무렵 아이를 어린이집에 보냈다.

내 딸은 신체적인 발달이 느린 편이다. 워낙 작게 태어나기도 했고 먹는 것 역시 그다지 즐기는 편이 아니다. 그래서인지 8개월 때까지 기어 다니지도 못했다. 지금 생각하니 정말 어린 애를 어린이집에 보냈구나 싶다. 하지만 대안이 없었다. 제주도는 연고가 없는 곳이고 숙소도 완공이 되었고 무명서점에서 하는 행사도 더 본격적으로 꾸려 보고 싶었다. 더 근본적으로는 집에 아이하고만 있다간 돌아 버릴 것 같았다. 아이는 바라만 보고 있어도 아름다운 존재인 것은 맞지만 그 존재의 아름다움은 내 것이 아니었다. 하루에 몇 시간만이라도 아기 엄마가 아닌 나를 찾고 싶었다.

아기가 어린이집에 다니기 시작하면서 분명 시간적 여유는 생겼지만 그에 따른 비싼 대가를 지불해야 했다. 면역 체계가 불안정한 어린아이는 어린이집에 다니면서 감기에 자주 걸리고 잔병을 앓았다. 아이가 아직 말을 하지 못하기 때문에 어린이집에서 무슨 일이 일어나는지 정확히 알 수가 없었다. 아기는 어릴 때부터 손가락을 빠는 버릇이 있었는데 날이 갈수록 손가락에 더 집착하는 것 같았다. 그런 모습을 볼 때면 죄책감에 시달렸다. 분명 부모는 두 사람인데 왜 유독 엄마만이 이런 죄책감에 휩싸여야 하는가. 왜 모성은 죄책감을 동반하는가.

독서 토론 모임을 통해 『분노와 애정』이라는 책을
읽게 되었다. 이 책은 사진작가 모이라 데이비가 도리스
레싱, 실비아 플라스, 에이드리언 리치, 어슐러 르 귄, 조이
윌리엄스 등 여성 작가 16인의 '엄마됨'에 관한 이야기를 한
원고를 모아서 만든 책이다. 나는 이 책을 읽다가 인덱스
스티커를 붙이고 밑줄 치는 것을 그만두었다. 모든 문장이
다 내 마음 같고 다 나에게 하는 말 같아서 더 이상 표시하는
게 무슨 의미가 있나 싶었다. 이 책은 읽을 때마다 울고 읽을
때마다 속이 터지고 읽을 때마다 치유받는 기분이 든다.

　특히 어슐러 르 귄이 쓴 「지금 이모랑 낚시하러 가도
돼?」는 내가 글을 쓰는 사람으로서, 예술을 하는 엄마로서 나
자신만이 너무 중요해서 아이에게 시간을 충분히 할애하지
못하는 게 아닐까, 하는 죄책감이 들 때마다 찾아 읽는다.
어슐러 르 귄은 "아기들이 원고를 먹는다는 것이다."라고
말한다. 그러나 "아기들은 원고를 다시 뱉어 내며 그 원고는
테이프로 다시 붙일 수 있다."라고 한다. "아기들은 단지
몇 년 동안만 아기지만, 작가들은 수십 년 동안 작가"라고
힘주어 말한다. 나는 이 부분을 읽을 때마다 매번 공감의
눈물이 난다. 그때마다 새롭게 위로받는다.

　나의 아이가 바라보며 자라날 나의 뒷모습을 떠올린다.
내 딸은 나를 어떤 엄마로 기억하게 될까. 나는 이 책을

읽으며 왜 그렇게 많은 육아 전문가들이 내가 행복해야
내 아이가 행복하다는 말을 하는지 깨닫게 되었다. 나는
내 딸이 나를 다른 누구도 아닌 나 스스로를 가장 사랑한
여자로 기억해 주길 바란다. 자신의 일을 사랑하고 그 일로
인해 좌절하고, 성공하고, 성장한 한 명의 인간으로 기억해
주길 바란다. 그리고 내 딸 역시 그 무엇보다 스스로를 가장
사랑하는 여자로 자존감이 충만한 인간으로 자라길 바란다.

아이를 낳고 일을 하는 여자로 살면서 나와 같은 고민을
하고 있는 사람이라면 꼭 한번 읽어 보길 권한다. 지금
우리가 하고 있는 그 고민을 수십 년 전 여자들도 했다.
남편에게 느끼는 분노와 답답함, 아기에게 갖게 되는
양가감정에서 오는 죄책감, 무신경한 타자들이 내뱉는
말로 받는 상처. 심장이 녹아내리는 심정으로 이 글을 적어
냈을 엄마이자 작가인 이들의 문장을 보면서 깊은 공감과
연대감을 느낄 수 있을 것이다.

2. 가장 뜨거운 SF
—『종이 동물원』(켄 리우, 황금가지)

시가 나에게 주는 즐거움이라면 뜨거운 열정을 가슴에

품게 한다는 것. 이와 달리 소설은 감정을 쏟아 내게 한다는 매력이 있다. 특히 멋진 환상이 가득한 소설을 볼 때면 나는 언제나 아이가 된 것처럼 눈을 반짝이게 된다. 『해리포터』를 처음 봤을 때가 그랬고 정세랑 작가의 소설을 처음 읽었을 때가 그랬다. 그 이후 정말 오랜만에 이 책을 통해 소설이 주는 설렘을 다시 느꼈다. 책을 덮은 뒤 든 꿈속에서 아름다운 강철 몸을 지닌 은빛 여우와 따뜻한 숨을 지닌 종이 호랑이와 함께 멋진 모험을 떠났다. 꿈에서 깬 후 충만한 감정을 느꼈다. 그래, 문학은 이런 거였지.

작가인 켄 리우는 중국계 미국인으로 자신의 정체성을 구성하는 모든 국가의 문화를 소설에 쏟아 낸다. 그 과정에서 중국인 이민자의 삶과 아메리칸 드림, 중국과 한국과 일본의 역사와 동양의 전설, 미국의 문화와 헐리우드의 서사 등을 적절히 섞어 낸 작품을 등장시키는데……. 쓰고 보니 뭔가 말도 안 되는 것 같은데 이 책은 그걸 해 낸다. 정말 오랜만에 소설을 읽다가 자야 할 타이밍을 놓쳤다. 두꺼운 책이지만 워낙 흥미로워 읽는 데 그리 오래 걸리지 않는다.

하필 이 책에 대한 토론 모임이 예정되어 있던 2020년 3월, 코로나 바이러스의 확산세가 심각한 수준이어서 이 책으로 토론을 하지 못하게 되었다. 그래서 그런지 SF라는 장르가 더욱 피부로 실감되는 시기였다. 실제로 현재 우리

눈앞에는 과거에는 상상도 하지 못했던 사건들이 벌어지고
있다. 현실이 영화보다 더 영화 같다는 말을 실감하게 되는
2020년이었다. 좀비 영화나 오컬트 영화보다 더 스펙터클한
게 뉴스였다. 그래도 문학에는 아름다움이라도 있지,
뉴스에서 보는 장면은 그야말로 아비규환, 아수라장이었다.
현실의 모습이 추할수록 문학의, 예술의 아름다움은 더욱
확장되는 걸까.

3. 엘레나 페란테, Who Are you?

— 나폴리 4부작: 『나의 눈부신 친구』, 『새로운 이름의 이야기』,
『떠나간 자와 머무른 자』, 『잃어버린 아이 이야기』 (엘레나 페란테,
한길사)

애증의 나폴리 4부작. 한 권당 500페이지가 넘는
분량이라 4부작을 다 읽고 나니 2,414페이지를 읽었다는
전설의 레전드. 만약에 무모가 아니었다면 내가 이 책을
읽는데 도전을 할 수 있었을까? 아마도 아니었을 거다.
엄청난 양에도 불구하고 이 책은 흡입력이 있다. 읽겠다는
마음을 먹기가 어려워서 그렇지 읽기 시작하면 손에서 책을
놓는 게 어려웠던 작품이다. 엘레나 페란테는 이탈리아의

작가라는 것 외에는 성별도 나이도 알려진 게 없다. 작품이
워낙 인기가 있어 이탈리아에서 드라마로도 만들어졌는데,
그럼에도 작가가 베일에 쌓여 있어 더욱 미스터리한
인물이라고 한다.

　처음에는 작가가 누군지 궁금했는데 책을 읽을수록
소설의 내용에 빠져들어 작가에 대한 생각은 잊혀졌다.
소설 속에 등장하는 인물들의 인생이 너무 흥미진진해서
거기에만 집중하게 되었다. 나폴리 4부작에 등장하는
인물들은 입체적이다. 인물들이 주는 생동감이 이 소설의
가장 큰 장점이다. 1권에서 어떤 인물에게 느꼈던 감정이
4권에서는 전혀 다르게 느껴진다. 어떤 누구도 사랑할
수만은 없고 누구도 미워할 수만은 없는 (물론 끝내 욕만 먹는
캐릭터도 있지만…….) 우리 인생의 많은 등장인물들. 이 책을
읽으면서 그런 얼굴들이 하나씩 떠오를 거다.

　나는 특히 주인공인 레누에게 그런 감정을 품었다.
레누는 릴라와 함께 이 소설의 주인공으로, 늘 릴라에게
동경과 열등감을 느끼던 소녀에서 작가로 성장하는
인물이다. 글을 쓰는 인물로 성장하는 모습을 지켜보는 게 꼭
내 어릴 때를 보는 것 같기도 해서 더욱 몰입이 됐다. 그런데
3, 4권에서는 레누가 잘못된 선택을 하는, 심지어 그걸
반복하는 어리석은 사람으로 느껴졌고, (스포일러라서 말은

못하지만) 결국 릴라에게 친구로서 해서는 안 되는 큰 잘못을 저지른다. 그런 레누를 지켜보면서 감정 이입과 분리를 반복하게 되었다. 그 과정에서 문학 작품을 읽는 순수한 즐거움을 느낄 수 있었다.

4. 에로스의 종말로 끝장나는 건 누구인가?

—『에로스의 종말』(한병철, 문학과지성사)

한 장 한 장 읽어 가면서 무릎을 쳤던 책이다. 물론 철학서적이라 책에 나온 모든 말이 다 어렵게 느껴지지만 나와 내 주위의 사람들, 또는 뉴스에서 자주 보는 사람들을 대입해서 읽다 보면 조금씩 이해할 수 있을 거다. 현대사회를 살아가면서 우리는 나르시시즘적 질병을 앓고 있는 사람들을 많이 만난다. 쉽게 말하자면 나 말고 다른 존재들은 어떻게 되든지 아무 상관없다는 태도를 지닌 사람들. 그런 사람들은 잘못된 방식의 나르시시즘에 빠져 스스로를 파괴하고 나아가 그가 속한 사회와 세상을 피폐하게 만든다. 그런 사람들은 인간을, 자연을 아무렇지 않게 착취할 수 있다고 생각한다. 게다가 미디어와 자본주의의 구조 자체가 이런 나르시시즘을 부추기는 장치다.

이 책에서는 진정한 사랑(에로스)은 타자와의 교감 없이는 불가능하다고 말한다. 그러니 에로스가 종말된 사회에서는 희망을 찾지 못할 수밖에. 정말 에로스의 종말이 이 세상의 끝을 가져오게 될까? 코로나19로 전세계가 패닉을 경험한 지금, 이 순간에도 모든 것이 종말을 향해 가고 있지 않나? 이 책은 코로나 시대에 훨씬 앞서서 현대 사회가 가진 최악의 문제점을 정확하고 신랄하게 진단, 비판하고 있다. 인간이 점점 더 이기적인 방향으로만 나아가고 있다는 것. 타자를 몰아내고 그 안을 끝없이 증식하는 '나'로 가득 채우고 있다는 점.

하지만 나는 이 책을 읽으며 그럼에도 인간을 포기할 수 없다고 느꼈다. 많은 사람들이 점점 깨달아 가고 있으니까. 나 자신만의 안위가 아니라 우리 모두의, 또 미래의 우리를 위해 노력하는 이들이 나타나고 있으니까. 우리는 분명 나 스스로를 나의 밖으로, 저 거대하고 무한한 타자 속으로 돌려 낼 수 있을 거다. 그것이 진정으로 나를 사랑하는 길이라는 걸 언제까지 외면할 수는 없을 테니까.

5. 그것만이 우리를 구할지니
—『하느님 이 아이를 도우소서』(토니 모리슨, 문학동네)

아이를 키우면서 알게 된 것이 있다. 아이들은 아무것도 잊지 않는다는 것. 기억이 아이들을 키운다는 것. 부모와 자식이라는 굴레는 사슬처럼 연결되어 있다. 특히 어머니와 자식은 하나의 몸이었으나 시간의 흐름에 따라 가장 먼 타인이 되어 간다. 아이를 키운다는 것은 무엇인가. 나는 어떤 자식으로 존재하며 어떤 부모로서 기능하는가. 살아 숨 쉬는 불길 같은 수많은 관계 속에서 나는, 우리는, 무엇을 잃고 무엇을 지켰는가.

토니 모리슨은 이 책에서 아동에게 가해진 성폭력과 학대, 인종 차별, 자본주의에 대한 환멸, 성 상품화, 혈연 간 갈등과 같은 가장 불편한 이야기를 한다. 그러면서도 이 복잡한 문제들을 속도감 있는 문장으로 쉽게 풀어낸다. 속도감 있는 소설이면서도 시적인 묘사로 읽는 이에게 전율을 준다. 주제 의식의 명확함, 하고자 하는 말의 분명함을 가진 작품이다. 그렇기 때문에 자성의 목소리를 이끌어 낼 수도, 공감을 넘어 연대를 꿈꿀 수도 있게 하는 문학의 힘을 느낄 수 있던 작품이었다.

글을 쓰는 사람은 글로서 끊임없이 외쳐야 한다. 이

시대의 추악한 부분을 파헤쳐야 한다. 썩은 부위를 도려내기 위해 선행되어야 할 것은 제도나 입법이 아니라 마음의 움직임이다. 저 이의 고통을 내 것처럼 생각하는 마음. 얼마 전 한 방송사에서 입양 아동 학대에 대한 프로그램이 방영되고 사람들이 들끓었다. 이 사건에 대한 엄벌을 요구하는 진정서를 보내는 운동이 시작되었다. 엄청난 양의 진정서가 쏟아졌고 그 결과 아동 학대에 대한 처벌과 피해 아동 보호에 대한 제도를 마련하고자 하는 움직임이 포착되었다. 세상을 바꾸는 힘은 보이지 않는 곳에서 온다. 언제나 그랬듯이.

독서 모임의 가장 큰 매력은 혼자서는 절대 읽으려는 마음도 먹지 않았을 책을 접하게 된다는 거다. 비거니즘을 통해 사회 구조의 문제점을 파악하는『우리는 왜 개는 사랑하고 돼지는 먹고 소는 신을까』(멜라니 조이, 모멘토), 폴리아모리를 소개하며 한국 사회의 차별에 대한 이야기를 하는『두 명의 애인과 삽니다』(홍승은, 낮은산), 육아의 원형을 탐구해 가는 외국 서적『잃어버린 육아의 원형을 찾아서』(진 리들로프, 양철북),『오래된 미래』(헬레나 노르베리 호지, 중앙북스), 세계 경제의 흐름과 그 속에 살아가는 우리 세대에 대한 분석을 내놓는『커밍 업 쇼트: 불확실한 시대 성인이 되지 못하는 청년들 이야기』(제니퍼 M. 실바, 리시올) 등.

내 취향대로라면 절대 손이 가지 않았을 책을 읽게 되고, 그에 대한 이야기를 통해 나와 멤버들의 저변이 확대된다. 한 달에 한 번 독서 모임을 통해 스스로의 세계를 확장해 가는 사람들을 보는 것만으로도 채워지는 무언가가 있다. 그래서 내가 이 모임을 끊지 못한다.

나의 사랑, 나의 동굴

출산 이후 깊은 우울에서 벗어나기 위해, 다시 살아가기 위해 힘을 냈다. 육아와 숙소 관리를 하는 틈틈이 글을 쓰고, 시와 책 관련 행사를 진행하고 독서 모임에 나갔다. 전보다 훨씬 바빴지만 전보다 훨씬 살만 했다.

그럼에도 언제나 불안은 나를 따라다녔다. 언젠가 딸이 크게 앓았을 때는 죄책감과 자괴감이 한꺼번에 나를 괴롭혔다. 무슨 부귀영화를 누리겠다고 저 어린 것을 떨어트려 놓았나, 그래서 내가 얻는 행복이 이 아이의 건강보다 훨씬 가치 있는 일인가, 내 어린 시절을 떠올려보자, 나는 맞벌이 하는 부모로 인해 외롭고 힘들었던 적이 많지 않았나⋯⋯ 생각들이 꼬리에 꼬리를 물었다.

그러다 함께 영화 토론 모임을 했던 D에게서 연락이

왔다. 무명서점 바로 맞은편에 함께 사용하면 딱 좋을 것
같은 공간이 나왔다는 것이었다. D는 제주도에서 태어나서
서울에서 미술 공부를 하고, 다시 제주도로 돌아와 미술 관련
활동을 하는 친구다. 내가 임신했을 당시 D의 작업실에서
일을 도와주며 친해졌다. D는 수공예품을 만드는 친구 W와
함께 작업실을 공유하고 있는데 마침 작업실을 옮기려는
중이었고 이번에 나온 공간을 셋이서 같이 사용하면
어떻겠냐는 제안이었다.

　　오래 고민하지 않았다. 작업실은 내 오랜 꿈 중 하나였다.
원래 집에서는 작업을 잘 하지 못하는 편이라 글을 쓸 때는
주로 카페를 활용했다. 제주도에 내려오고 나서는 협재
해수욕장 앞에 있는 카페 한 군데를 점찍어 작업실로 썼다.
작업을 하다 문득 고개를 들면 협재 해수욕장과 비양도가
펼쳐진 멋진 뷰가 장점인 공간이었다. 하지만 내가 워낙
성실하지 못한 작가이기 때문인지, 카페에 출근한 몇 시간
동안 집중해서 일하는 날도 있지만 몇 줄 쓰지 못하고
돌아오는 날이 더 잦았다.
　　시를 쓸 때면 더 했다. 오늘은 시를 써야지 결심하고
시가 정말 써지는 날이 얼마나 될까. 비양도가 펼쳐진 풍경
앞에 앉아 아무것도 쓰지 못하고 다시 집으로 돌아갈 때는

허탈함이 파도처럼 밀려왔다. 그 집 허니브레드는 왜 이렇게 맛있는지. 한 줄도 못 쓰고 돌아오는 날이면 허니 브레드를 먹으러 가는 건지 작업을 하러 가는 건지 알 수가 없게 되었으니…….

여기에 임신을 하고 나서, 출산을 하고 나서, 육아를 시작하고부터, 도대체 집에서는 글 쓰는 일이 잘 되지 않았다. 물론 식탁에 앉아서도 좋은 글을 쓰는 훌륭한 작가들도 분명히 존재한다. 그러나 나는 그런 작가가 아니야……. 집에서는 글을 쓰다가도, 기획 아이디어를 짜다가도, 구석에 뭉쳐진 먼지가 보이고, 짚더미처럼 모여 있는 신지 털이(래브라도 리트리버의 털 빠짐이란.) 눈에 밟히고, 설거지 더미가 눈틈을 비집고 들어왔다. 여기서 어떻게 뭘 써. 급한 마감이 있어서 아이를 재워 놓고 식탁에 앉았다가도 자꾸 신지 배변하러 나가고, 물그릇을 닦아 주는 상황. 그러다 퍼뜩 아, 마감, 하면서 모니터를 바라보면 화면에 이런 말이 떠 있는 것이다. 그래서 너 지금 돌봄 노동자? 아님 시인? 도대체 뭔데?

작업실을 쉐어하자는 제의를 받았을 때 내가 원했던 것이 드디어 품 안으로 들어오는 순간이다 싶었다. 혼자라면 엄두가 안 났을 것 같다. 하지만 친구들과 함께라니 든든했다.

제주도의 가장 시골 마을, 바람이 많이 부는 동네의 어둠 속에서 한 여자가 노트북 앞에 앉아 무언가를 쓴다. 피곤에 절은 얼굴인데도 눈빛만은 총총히 빛나는 한 여자가. 처음 작업실에 앉아 노트북을 켜고 글을 쓰던 순간이 생각난다. 참 좋았다. 해방감보다 안정감이 더 먼저 느껴졌다. 온전히 나 혼자만 있는 시간을 가져 본 게 언제였던가. 작업실에 오면 모드가 완벽히 전환되어서 좋다. 생활인이자 엄마 강지혜에서, 시인이자 기획자 또는 강사 강지혜로 모드를 바꾸고 기꺼운 마음으로 피로 속에 뛰어든다.

얼마 전에 누군가 내게 인생에서 가장 잘한 일이 무엇이냐 물어 온 적이 있다. 그 대화의 맥락 상 아이를 낳은 일과 같은 대답을 원한 듯 보였다. 나는 일말의 망설임도 없이 "작업실 얻은 거요."라고 말했다. 그리고 "아이가 있는 여성 창작자라면 작업실을 가지길 추천합니다. 반드시요!" 덧붙였다.

작업실을 갖는다는 건 비단 일하는 내 모습만을 지키기 위한 것이 아니다. 나는 작업실에서 온전히 '일하는 강지혜'로서 내 모든 열정을 쏟아부어 일을 해 낸다. (물론 SNS 보면서 멍하니 있는 시간도 없다고는 안 하겠다. 그건 정, 정보 수집의 일종이기도 하잖아요, 모두들 하잖아요? 정보 수집?)

일은 잘 풀릴 때도 있고 더럽게 안 풀릴 때도 있다. 그러니까 웃으면서 집으로 가는 날도 있고 오만상을 찌푸리고 귀가하는 날도 있다. 그런데 그뿐이다. 집으로 돌아오면 다시 온전히 아이에게, 집안일에 집중한다. 일하는 강지혜는 작업실에 두고 왔으니까. 집에서 나는 딸에게 재밌고 다정한 엄마니까. 일하는 강지혜와 양육하는 강지혜의 균형을 위해서라도 내가 작업실을 얻은 것은 용사의 멋진 한 수였다.

두 가지 모습의 균형을 찾으니 새로운 사실이 눈에 들어왔다. 내가 일하는 강지혜로서 나를 지켜내는 것을 딸에게 보여 주면 내 딸은 자신의 일을 사랑하고 다양한 활동을 통해 성취를 느낄 수 있는 사람이 어떤 모습인지 잘 알고 자라겠구나. 어린이집에 보내며 미안함에 울상을 짓는 모습이 아니라 "엄마 일하고 올게. 다녀와서 만나자." 말하며 돌아서는 내 모습을 기억하겠구나. 그리고 세상에는 이런 엄마도 있고, 저런 엄마도 있는 거구나, 모두 다른 모습으로 잘 살면 되는 거구나, 생각하겠지. 나는 딸이 내 당당한 뒷모습을 기억해 주길 바란다. 그 기억은 아이의 현재를 만들 것이고, 그 현재가 쌓여 자신만의 멋진 미래를 건축하겠지.

이제는 아이를 어린이집에 보내는 것 때문에 죄책감을 느끼지 않는다. 아이를 양육해야 하는 시간에 꼭 해야만 하는 일이 생겨도 당황하지 않는다. 내가 작업실을 얻고 다양한 활동을 하고 꾸준히 작업실에 출근하면서 남편 역시 내 일에 대한 인지와 인식이 향상되었다. 모두에게 좋은 영향을 주고 있다. 이게 다 작업실 덕분이다. 그러니 작업실 얻은 것이 내 인생에 가장 잘한 일 중에 으뜸이 아니면 무엇이란 말인가.

얼마 전, 또 한 번의 작업실 이사를 마쳤다. 원래 D의 공방으로 썼던 곳을 우리의 작업실로 만들었다. 그래서 1년 사이에 또 한 번 페인트칠을 하긴 했지만 작업실 공사는 언제나 얼마나 기꺼운 마음인지. 또 작업실을 이사한다는 건 수많은 책과의 전쟁을 치러야 한다는 말이기도 하다. 안 읽는 책들을 엄청나게 버리거나 기부했는데도 이놈의 책책책. 그러나 그 역시 얼마나 기꺼운 마음으로 하게 되는지.

지금 이 글을 쓰는 순간도 나는 작업실이다. 오늘은 새벽 몇 시쯤 퇴근하게 되려나. 오늘 퇴근길에는 황소윤의 「zZ city」를 들어야지. 퇴근길 BGM을 정하는 이런 소소한 즐거움까지 오롯이 내 것이라는 게 정말이지 너무너무 좋다.

새 세계 산책하기

2019년 봄부터 몇 개월 동안 '고산해녀삼춘들'의 공연을 취재한 적이 있다. 예술인복지재단의 '예술路(로)'라는 사업을 따냈는데 우리 팀의 프로젝트 주제가 제주의 '할망'과 동네 서점을 연결하는 것이었고 이 프로젝트의 대상자로서 해녀 홍남진 할머니를 만나게 되었다. 남진 할머니는 제주도 고산리에 거주하며 오랜 시간 해녀 생활을 해 오셨는데, 얼굴에 늘 미소를 띠고 있고 흥이 넘치시는 멋진 분이다. 남진 할머니는 처음 만난 그날부터 우리를 격의 없이 대해 주셨다.

타지에서 온 사람들을 제주도 말로 '육지 것'이라고 한다. 이 말은 단순히 본토 사람과 타지 사람을 분리하는 의미도 있지만 육지에서 온 사람들이 섬에 자행했던 만행에 대한 경계가 서려 있는 말이기도 하다. 그런 육지 것들이 뭔 프로젝트를 한답시고 자꾸 집에 찾아와서 커피도 얻어먹고, 수제비도 얻어먹고, 미숫가루도 털어 가고, 이것저것 물어봐도 남진 할머니는 매번 웃는 얼굴로 맞아 주셨다. 심지어 물질하여 건져 올린 미역이며 갓 찐 떡 등을 챙겨 주시기까지 했다.

프로젝트를 시작할 때는 예술가들이 지역 사회를 위해 할 수 있는 일을 하자는 마음가짐이었으나 시간이 지날수록 우리가 그녀에게 받는 것이 더 많다는 걸 느끼게 되었다. 좀 더 많이 배운 젊은 육지 것들, 우리가 안다고 생각했던 것들은 실제로는 매우 미천한 것이었다. 그녀는 지금 내가 밟고 서 있는 땅과 그 땅에 살을 부비며 오랫동안 살아온 사람만이 알 수 있는 매우 진귀한 지혜를 품고 있었다. 더군다나 그런 소중한 것을 아무런 대가 없이 내어 주는 자의 여유, 그 여유는 아무리 따라 하려 해도 쉽사리 흉내 낼 수 있는 것이 아니었다.

그녀를 따라 자구내 포구 작업장에서 고산해녀삼춘들을 처음 만났을 때는 성게 수확이 한창인 철이었다. 그들은 아침 일찍 작업장으로 나와 물질을 위해 작업복으로 갈아입고 바다로 이어진 가파른 계단을 내려가 바닷물을 직접 길어다

나른다. 해녀들의 주 연령대는 6, 70대. 가파른 계단을 내려가는 것도, 커다란 양동이에 꽉꽉 채운 바닷물을 담아 그 계단을 다시 오르는 것도, 어느 것 하나 쉬운 일이 아니다. 젊은 사람도 힘든 일을 그들은 매우 숙련된 솜씨로, 신속하게 심지어 리드미컬하게 해 내고 있었다. 그 장면을 보면서 나와 동행한 Y 작가님은 벌어진 입을 다물지 못했다. 감히 도와드리겠다거나 힘드시지 않냐는 말도 꺼낼 수 없었다. 그녀들과 바다는 이미 한 몸, 하나의 생명체 같았다.

해녀들이 모두 어촌계 선박에 올라 차귀도 근처로 물질을 하러 떠나갈 때, 나와 Y 작가님은 "조심히 다녀오세요!"라고 큰 소리로 인사하며 우리의 부끄럽고 하얀 손을 흔들어 보였다. 그들의 안전을 기원하며 손을 흔드는 것, 그것 외에는 달리 할 수 있는 일이 없었다. 해녀들은 아침 햇빛을 받아 푸르게 반짝이는 얼굴로 우리를 향해 활짝 웃어 주었다. 그 미소를 충만히 받고 돌아서는데 명치 안쪽에서 무언가 뜨거운 것이 올라와 잠시 걸음을 멈추었던 기억이 난다.

해녀들은 물질을 하지 않는 시간에도 늘 바빴다. 한 종류의 수산물을 물질하는 시기가 지나면 밭에 나가 파종을 하거나 수확을 해야 하는 일이 그들을 기다리고 있었다. 고산해녀삼춘들에 소속된 해녀들은 틈틈이 공연 연습도 한다. 그렇게 시간이 흐르면 또다시 다른 수산물의 물질

시기가 돌아왔다. 고된 하루하루인데도 남진 할머니는,
그녀들은 미소를 잃지 않았다.

고산해녀삼춘들의 공연은 「멜 후리기 노래」와 「이어도
사나」 두 곡으로 구성된다. 두 곡 모두 제주 해녀들이 부르던
노동요라 할 수 있다. 이 노래들은 「아리랑」처럼 제주도
안에서도 지역에 따라 가사나 멜로디가 약간씩 다르다. 그중
「이어도 사나」는 해녀들이 물질을 위해 돛단배의 노를 저어
가며 불렀던 노래로 이별 없는 이상향에 대한 염원을 담은
곡으로 알려져 있다. 실제로 들으면 매우 신나는 장단인데
가사를 곱씹으면 가슴이 저린다.

칠성판(관 밑에 까는 판자)을 등에다 지고
한 길 두 길 들어가 보면
저승 문이 눈앞이로다
이어도 사나 이어도 사나[1]

한 명의 여자가 몸을 떠밀어 올리려는 물길을 끝내
헤엄쳐 들어간다. 자칫 실수하면 언제든 저쪽 세계로 갈 수

---

[1] 본래 제주도 방언으로 되어 있는 가사지만 여기서는 표준어로 표기한다.

있다. 먹고살기 위해 매일 들어가야 하는 바닷속이 마치
저승으로 가는 길과도 같았으리라. 매일같이 이승과 저승의
경계를 더듬는 삶. 삶을 살아 내기 위해 저승문 앞까지 애써
가야만 하는 삶. 그들이 염원하던, 그 어떤 이별도 없는
이어도, 그곳은 어디쯤에 있을까.

　　2019년 8월 초 고산해녀삼춘들의 공연을 보러 갔다.
그날은 하루 종일 흐리고 큰 바람이 불었다. 공연장 바로
옆은 차귀도와 와도가 누운 거대한 바다였다. 큰 바람
덕에 파도가 쉴 새 없이 들이치니 덥다는 생각은 전혀
들지 않았고, 오히려 약간 쌀쌀하게 느껴지기까지 했다.
바닷바람은 시원했지만 워낙 습한 날씨다 보니 바람에
날리는 머리카락이 끈적해진 얼굴에 자꾸 들러붙었다.
관람하는 모든 사람들의 얼굴이 그랬다. 그럼에도 누구 하나
찡그린 표정이 없었다. 어린아이들은 무대 앞 넓게 깔린
잔디밭을 뛰어다니거나 몸을 흔들며 공연을 즐겼다. 그런
아이들을 나무라는 어른은 아무도 없었다. 음악과 거대한
파도가 만들어 내는 또 다른 음악이 자구내 포구에 충만하게
차올랐다. 거기 있던 모두가 무대 한 번, 바다 한 번, 번갈아
바라보며 흥겨워하고 있었다.

　　마지막 순서로 고산해녀삼춘들이 등장했다. 제일 먼저
남진 할머니가 치매에 걸린 할망 역할로 등장했다. 떨리는

몸으로 며느리를 애타게 찾더니 이내 관객석에 있는
사람들을 보며 '이건 족은 멜(멸치)', '이건 커다란 멜'이라며
농을 던진다. 그때 뒤편에서 며느리 해녀가 시어머니를
찾으러 헐레벌떡 뛰어오고, 이제 곧 멜을 잔뜩 실은 배가
포구에 들어온다며 분위기를 고조시킨다. 그 뒤를 이어
어허어야디헤야, 후렴구와 함께 한 무리의 해녀들이 오른발,
왼발, 번갈아 발을 구르며 줄지어 나타난다. 어떤 해녀는
물허벅과 물구덕(물을 나르는 물동이와 바구니)을 지고, 다른
열댓 명의 해녀들은 그물을 몸에 감아 서로의 몸을 연결한
모습으로.

　　제주에서 나는 멜을 잡으며 불렀다는 이 노래는
풍어가이자 노동요. 노래는 뒤로 갈수록 리듬이 점차
빨라지고 단순해진다. 고된 노동을 잊기 위해서 불렀던
노래인 탓일까, 가만히 듣고 있으면 점점 더 신이 나고
몸이 저절로 움직여진다. 멜 후리기 노래 공연의 마지막은
물구덕에 준비해 놓은 알사탕을 관객석으로 던지는 것이다.
해녀들이 던지는 알사탕에 아이들이 신이 나서 팔짝팔짝
뛰며 사탕을 주우러 다녔다.

　　이어진 이어도 사나 공연에서는 짧은 검정 바지와 흰
저고리로 된 옛날 해녀복을 입고 태왁(물질할 때 몸을 띄우는
도구)을 든 해녀들, 노를 든 해녀들이 등장했다. 신나는 리듬,

그리고 서글픈 가사에 맞춰 노 젓는 동작을 하며 해녀들이
춤을 추었다. 노를 든 해녀들과 태왁을 든 해녀들은 각기
다른 동작을 하며 춤을 추었다. 동작은 다르지만 단 하나의
이야기를 들려주는 해녀들의 몸짓. 두 그룹의 해녀들은 한
목소리로 '이어도 사나, 이어도 사나'를 외쳤다. 후렴구가
반복될수록 왠지 서러운 마음이 그날 바다에 친 파도처럼
차올랐다. 그럼에도 해녀들의 표정은 더할 나위 없이 밝았다.
맑게 웃고 있는 그들을 바라보며 더욱 진한 감동을 느꼈던
것은 나 한 사람만이 아니었으리라.

　행복한 표정으로 춤을 추고 있는 남진 할머니를 보며
그녀와 나눴던 대화가 떠올랐다.
　"할머니, 제주도는 여자들이 일을 많이 하잖아요. 제주
속담에 '여자로 나느니 소로 나쥬.'라는 말이 있다던데…….
아기 키우면서, 물질하면서, 밭일하면서, 안 힘드셨어요?"
　"무사 안 힘들어 힘들쥬. 조근 아돌 하영 어릴 때이 가이
데리고 검질 가민, 가이가 고무신이영 뭐영 밭고랑에서
칙칙폭폭, 칙칙폭폭 기차놀이하멍 하루 종일 놀곤하난 그게
짠하고 아까워그냉, 나 반나절 일하고 와 보민 그 어린 것이
짚더미 위에 쓰러져그냉 자고 했쥬."
　"저도 애를 키우는 입장이라 그런가, 듣기만 해도 너무

마음이 아파요."

"맴이 아프긴 무신. 그땐 다 그랬쪄. 살다보민 다
살아점쪄."

파도는 인간의 몸에 무엇을 남기는가. 오랜 시간 물
안에서 살아온 여자들의 몸에는 무엇이 남았을까. 그녀들은
얼마나 오랜 시간을 고된 물질과 농사일, 거기에 하나부터
열까지 쉬운 게 없는 육아와 살림살이로 퍽퍽한 세월을
보냈을까. 사는 동안 저 바다 속에 얼마나 많은 꿈들을
묻어야만 했을까.

공연이 점점 클라이맥스로 향할 때 해녀들의 퍼포먼스에
국악대와 금관 밴드가 더해졌다. 금관악기와 장구, 꽹과리,
소리꾼과 해녀들의 목소리, 게다가 거대한 파도까지. 그
모든 것이 한데 어우러지니 흥겨움이 배가 되고 동시에
애달픔까지 고조되었다. 그 자리에 있었던 많은 사람들이
그것을 느꼈으리라. 그 무대에서 누군가의 고달픈 삶과
애환을 본 사람들도 더러 있었으리라. 해녀들의 표정은
하나같이 밝았다. 거대한 파도가 공연장 옆을 매섭게
덮치는데도 그녀들은 밝게 웃고 있었다. 그들은 자유로웠고
아름답게 빛나고 있었다. 관객 모두 그들의 공연에
빠져들었고 종국에는 그렇게 무섭게 달려드는 파도가

전혀 두렵게 느껴지지 않았다. 시원한 바람이었다. 흥겨운
노래와 춤이었다. 그 순간 나와 해녀들에게 남은 것은 단지
그것뿐이었다.

　많은 사람들의 그녀들의 얼굴을 한 번씩 바라보면
좋겠다. 그녀들의 춤과 노래에서, 그 흥겨움에서, 따뜻하고
힘 있는 무언가를 발견할 수 있을 것이다. 그것은 그들이
우리에게 건네는 커다란 응원. '힘들지? 그래도 살아 보면
이렇게 흥겨운 날도 온다. 다 괜찮다. 좀 웃고 신나게 놀거라.'
하는 단단한 마음. 그 마음을 받아 또 한동안은 든든하게
살아갈 수 있으리라.

잔디 심기

척박한 땅입니다 돌만 있는 땅이었습니다 땅을 팠지만 흙이 나오지 않았습니다 살 수 있겠습니까 돌 틈으로 빈약한 뿌리, 내릴 수 있겠습니까

작두로 잘라 잔디를 삼등분했습니다 정사각형이 몇 번이나 직사각형으로 변했습니다 그래 봤자 내가 네가 되었습니다 촘촘하게 엉킨 문장들은 풀릴 줄 몰랐습니다

고개를 들면 바다가 있었습니다 잔디를 심다 얼굴을 들면 저 멀리 보이던 해초가 바로 앞까지 떠밀려 와 있었습니다 풀은 아무것도 하지 않으면서 끈질기게 삶을 살아냅니다 아무것도 하지 않음으로 끈적끈적하고 끈질긴 생을

지금껏 풀에 대해 생각해 본 적 없습니다 풀은 명사이면서 가장 역동적인 동사 그중 잔디는 기어 다니는 이름

오후 늦도록 일은 끝나지 않았습니다 돌가루가 입에서 서걱서걱 씹혔습니다 눈알로 콧구멍으로 파고들었습니다 손톱과 발톱에 윤곽선이 생겼습니다 얼굴과 몸의 주름이 분명해졌습니다 먼지를 뒤집어쓰니 내가 여기 있다는 것, 비로소 알게 되었습니다

오래 씻어도 몸 안에 돌가루는 사라지지 않았습니다 지금
도 내 안에 있습니다 살아서 지켜보고 있습니다 뜨거운 피가
식는 것을 기쁨도 분노도 없이, 말없이 보고 있습니다

내가 심은 잔디는 바닷바람을 맞고 있습니다 그곳에서 아
무것도 하지 않고 있습니다 죽어 가는 것처럼 살아 있습니다
살아 있는 것처럼 죽어 갑니다 말랐다 젖었다 말랐다 반복하
며 조금씩 기어가며

잔디 심는 아르바이트를 했다. 바닷가 바로 앞 카페의 마당에
잔디를 심는 일이었다. 흙이 아니라 돌바닥에 잔디를 심는 일이어서
'이렇게 심는다고 과연 잔디들이 살아남을까?' 하는 의구심이 들었다.
오랜 시간 샤워를 해도 흙먼지는 좀처럼 깨끗하게 씻겨 나가지 않았다.
흙이 내 몸에 박힌 것만 같았다. 얼마 전 그 카페 옆을 지나다 보았는데,
내가 심은 잔디는 모두 죽었나 보다. 돌바닥만이 남아 있었다.
《시로여는세상》 2017년 가을호에 수록.

하늘과 땅의 보석을 손에 쥐다

"언제까지 제주에 살 거냐?"라는 질문을 왕왕 받는다. 그 질문에는 늘 이렇게 대답한다. "글쎄요, 모르겠네요……." 앞으로 나는 얼마나 더 제주에서 살게 될까? 앞으로 남은 생을 제주에서 살게 될까? 제주가 아닌 다른 곳에서도 살 수 있을까? 제주가 아니라면 어떤 곳으로 가게 될까?

아마 모두가 느꼈을 거다. 특히 작년에 전 세계 사람들이 코로나19를 겪으면서 뼈저리게 깨달았을 것이다. 사는 건 정말 한 치 앞도 모르겠다고. 한 치만이라도, 진짜 요만큼만이라도 누가 좀 알려 주면 좋겠는데, 그건 너무 요원한 일이라고. 지금도 정말 모르겠다. 내가 앞으로 어디에서, 어떻게 살아가고 있을지. 그래서 곰곰이 생각해 봤다. 분명한 건 뭘까.

분명한 건, 분명한 것. 확신에 찰 수 있는 것. 나는 내가 시인이라는 것에 확신을 느낀다. 나는 내가 아이를 키우는 여자라는 것에 확신을 느낀다. 나는 내가 큰 개를 키우는 사람이라는 것에 확신을 느낀다. 나는 낮에는 돌봄 노동과 숙소 관리를 하고 밤에는 글을 쓰는 일상을 보낸다는 것에 확신을 느낀다. 나는 내가 제주도에서 살고 있다는 것에 확신을 느낀다. 내게 확신을 주는 것들만 생각하기로 한다. 좋아하는 일만 하고 살 수 없다면 확신을 느끼는 일에는, 기왕 하는 거 몰두하기로 한다. 그러면 제주나 서울, 그 어디에서든 다 같은 오늘일 테니까. 그 '오늘'들이 나를 어디론가 데리고 가겠지. 그러니까, 나중에 가서 후회든 기쁨이든, 잘 부탁한다. 내일의 나여!

라고 기록하며. 기쁨을 느끼는 게 바로 나다. 탈고의 카타르시스. 이건 느껴 본 사람만이 알지. (물론 후일 많은 수정을 통해 빼곡한 현타를 느끼겠지만……) 이 짜릿한 해방감. 지금 당장 나에게 가장 큰 만족감을 주는 건 이거다. 그리고 이 느낌을 감각할 때마다 나는 내가 완성되어 가는 것을 느낀다. 바로 이 느낌 때문에 서울에서든 제주에서든 지금껏 내가 글을 쓰는 사람으로 사는 거겠지. 비록 내 인생이 내가 그리고자 했던 완성형으로 끝나지 않더라도. 뭐 어때,

카타르시스로만 이루어진 인생이란 건 애초에 없는 거 아닌가.

확신과 자유로움을 느끼는 지금, 이미 내 주머니엔 하늘과 땅의 보석이 들어 있다. 보석을 손에 넣었다면 응당 찬란한 오색 빛이 나를 감싸고 하늘로 둥실 떠올라 빙글빙글 돌면서 변신 만화에 나오는 것처럼 극적이고 외형적인 체인지!가 있어야 하겠지만. 현실은 그저 묵묵히 하루하루가 이어질 뿐. 별다른 건 없어 보인다. 아, 이제 와이어 있는 브래지어는 안 입고, 필요하지 않으면 화장은 안 한다는 게 극적인 변화라면 변화이려나.

나는 이제 내가 가장 편한 상태에 있기를, 내가 나임을 가장 잘 알 수 있는 곳에 있기를 원한다. 그리고 내가 어디에 있든 '쓰는 사람'으로 존재하길 원한다. '확신'과 '자유로움'이라고 써 놓으니 꽤 관념적이고 거대한 담론처럼 느껴지지만 실은 이런 심정인 거다. 내가 가장 원하는 것(매우 소박한 것일지라도)이 충족된다면 다른 것들이 조금 부족해도 '뭐, 어쩌겠어.'라는 마음으로. 오늘과 또 다른 오늘 사이를 천천히 걸어가기. 어차피 제주의 큰 바람이 언제 또 불어 닥칠지는 아무도 모르니까.

제주 바다 앞에 서 있으면 언제나 시간 앞에 무력한
인간이 애달프기도 하고 우습기도 합니다. 서른 살에 제주로
이주하여 5년을 보냈습니다. 이주민 중에는 제주에 입도한
지 얼마 되지 않아 수준급의 '제주어'를 구사하는 사람도
있고, 30년 가까이 제주에 살면서도 끝내 육지를 그리워하는
사람도 있습니다. 저는 어느 쪽이냐고요? 글쎄요……. 일단
저는 씩씩한 바다 쪽에 서 있을게요.

제주에서 고군분투하며 살아가는 저를 '용사'로 만들어
준 정기현 편집자님 정말 고맙습니다. 제 안에 용사를 발견한
건 모두 편집자님 덕이에요. 책 밖의 특별한 조력자와 함께
일할 수 있어서 즐거웠어요.

그리고 함께했던 두 조력자들. 제주 이주의 꿈을
품었을 때부터 제주에서 살아갈 수 있게끔 기반을 닦아 준
두 사람에게 고마움을 전하고 싶네요. 그러고 보니 상현,
경구에게 고맙다는 말을 해 본 게 언제인지 까마득해요.
가족이란 왜 이럴까요? 왜 말하지 않아도 다 알고 있다고
느낄까요? 말하지 않는 마음이란 없는 마음과 같은 건데.
고맙고, 미안했어요. 앞으로도 그럴 거고요.

제주가 고향인 작은 사람 다하, 큰 강아지 신지. 언젠가
다하가 신지에게 이 책에서 본인이 나오는 부분을 읽어 주는
날을 상상해요. 그게 내 가장 큰 무기예요. 그 상상으로 태산
같은 어려움들을 부수면서 달리고 있어요. 다하가 나에게
말했죠. "엄마도 일을 하고, 아빠도 일을 하고, 선생님도
일을 해. 우리 모두 일을 하지?"라고요. "엄마, 일하러 가지
마."가 아니라 그렇게 말해 줘서 좋았어요. 엄마는 엄마 일이
참 좋아요. 엄마가 글을 쓰는 일을 하니까 나중에 다하가
이걸 읽을 수 있고, 내가 다하를, 신지를, 어떤 방식으로
사랑했는지 알 수 있잖아요. 그 생각을 하면 글 쓰길 잘했다
싶어요. 나를 어떻게 생각할지는 이걸 읽는 다하의 몫이에요.
다만 기억해 주세요. 다하가 태어난 곳에서 엄마는 엄마의
시간을, 다하의 시간을, 신지의 시간을, 기록하고 있었어요.

그래서 행복했어요.

　지금 제주는 어딜 가나 공사 중이에요. 제가 살고 있는
고산리도 그렇고요. 고산리는 한국의 신석기가 언제부터
시작되었는지 그 시발점을 알 수 있는 곳이에요. 무려
1,200년 전. 오랜 시간을 품은 곳에서 살고 있으니 저
난개발이 참 애처로워 보여요. 찰나를 살면서 그게 영원할
거라고 믿는 건 인간이라는 존재의 축복이자 저주이지요.
제가 조탁할 수 있는 건 시뿐이에요. 소중히 만질수록 빛이
나는 게 있고, 만지는 순간 바스라져 버리는 것도 있기
마련입니다.

　우리는 찰나와 같은 생을 이렇게 보내고 있네요.
어리석게, 때로는 씩씩하게. 저는 지금 제주인데요. 지금
어디에 계세요? 그곳이 어디든, 단단하기를 바랄게요.

2021년 4월

강지혜

**매일과
영원**

오늘의 섬을 시작합니다

강지혜 에세이

1판 1쇄 펴냄 2021년 4월 9일
1판 2쇄 펴냄 2021년 4월 19일

지은이   강지혜
발행인   박근섭·박상준
펴낸곳   (주)민음사

출판등록 1966. 5. 19. 제16-490호
주소   서울시 강남구 도산대로1길 62(신사동)
         강남출판문화센터 5층(06027)
대표전화 02-515-2000 | 팩시밀리 02-515-2007
홈페이지 www.minumsa.com

ⓒ강지혜, 2021. Printed in Seoul, Korea

ISBN 978-89-374-1943-0 (04810)
ISBN 978-89-374-1940-9 (세트)

* 잘못 만들어진 책은 구입처에서 교환해 드립니다.